武战系小说

武道狂之诗

道之詩

Sangre y Acero

【卷八　破门六剑】

乔靖夫　著

中国人民大学出版社
·北京·

打斗非常有画面感，犹如电影的快镜头，一切都是那么理所当然……你不会看一个人在战斗，你不会一个人在生死之间。

天涯论坛影视评论首席版主本来老六

我发觉乔靖夫改变了。他的写作手法归于平淡，修饰用词简单，但细节仍描写得非常出色，尤其在打斗方面精彩得足可媲美、甚至超越前人。

武侠巨擘倪匡

有此二名字就是保证，例如……乔靖夫！

小说之王九把刀

乔靖夫异军突起，一方面回归技击写实，抖落奇幻玄想；另一面则深入武者心理，刻画出「艰苦，我奋进！」的求胜之道。

著名文化人梁文道

由歌而得知乔靖夫，再得知其武侠作品凌厉决绝，亦早负盛名。歌者复为武者，真是令人击节赞叹。

畅销书小说作家沧月

电影画面般冷峻的动作描写，男人们也无可挑剔；偶有大英雄小儿女细腻的情感描绘，女孩子也会喜欢。

阿里巴巴集团副总裁陶然

乔老大作品，一看上瘾，小孩大人，欲罢不能。

香港歌手农夫〇君

写出罕有的连续动感，犹如用文字拍电影、画漫画！

漫画达人利志达

写尽汉子之间痛快淋漓的热血对话，硬派武斗，魅力非凡！

动画导演袁建滔

描写夸张的武林高手容易；描写令人信服的高手难。乔靖夫的《武道狂之诗》，营造实战，手到擒来，感觉超爽！

《叶问》导演叶伟信

乔靖夫的小说值得再三重看——而且第三遍才最好看！

香港才子倪震

乔靖夫是我们的新生代，思考独立，古古怪怪又不乏视野，他的出现令我对香港本土流行文化创作再有期待！

金像导演陈嘉上

善者之动也，神出而鬼行，星耀而玄逐，进退诎伸，不见朕垠，鸢举麟振，凤飞龙腾，发如秋风，疾如骇龙。

《淮南子·兵略训》

前文提要

    强大的武当派为实现"天下无敌，称霸武林"的宏愿而四出征伐，流浪武者荆裂与青城派少年剑士燕横矢志向武当复仇，途中巧遇爱剑少女童静、日本女剑士岛津虎玲兰与崆峒派前任掌门练飞虹，五人结成同伴，一起踏上武道修练和江湖历险的旅程。

    五人为寻访著名磨剑师，前赴江西庐陵，机缘巧合下与一代大儒王守仁相交。当地遭受前武当派高手波龙术王率领的一伙妖匪蹂躏，王守仁与五侠挺身对抗奸邪，誓与百姓共生死。荆裂孤身夜探敌方本阵"清莲寺"，遭术王师弟、前"兵鸦道"精锐梅心树发现追杀，陷入被百人围攻的困境，跃下山崖，安危不知……

    波龙术王带同亲信女刀客霍瑶花夜袭庐陵县城，群侠血战抵抗，负伤下终将二人击退。燕横此一战中领悟"雌雄龙虎剑法"奥秘，武功大有长进。

    少林武僧圆性与群侠约定于庐陵重聚，途经车前村，遇上术王两名头目作恶逞凶，怒然挥拳伏妖降魔……

第一章　野和尚

那凄烈的哭喊声音，响彻少室山少林寺的山门。

　　是某个婴儿正在放声大哭。然而那声音中隐隐有一股深沉的震荡，听来不似是因饥饿或恐惧而哭泣，更像在吼叫。

　　哭声已经持续许久，但那婴儿还半点没有疲累收敛的迹象。站在山门前的几个和尚与小沙弥，显得手足无措。

　　这一年的冬天格外冷。婴儿的母亲用自己仅有的冬衣包裹着儿子，自己只穿一件单薄衣裳，虽是个健壮的农妇，仍不禁在打颤。

　　和尚两手捂着耳朵，仔细看那包在薄棉衣里的男婴，他虽是出家人，一看之下还是忍不住皱眉。这婴儿才刚满三个月不久，身子瘦瘦小小，奇的是全身都长满了又黑又密的毛发，就连耳鬓和两腮子都像盖了大把胡须，乍见还看不出是人，让人误以为是初生的小狗。

　　这怪婴仍然哭叫着，一只毛茸茸的小手，一直死命抓着母亲胸口的衣裳不放。母亲一边流着泪，一边想用力去挣，但孩子的指掌出奇地有力，还是挣不脱。

　　和尚也尝试帮忙去拉婴儿的手臂，却始终拉不开，太用力又怕伤了孩子，一时都束手无策。

　　山下一带的贫农因无力抚养孩儿，将其送上少林寺乃是常有的事；孩子跟父母分离，哭得死去活来也是必然，和尚早就见怪不怪。可是如今这般情境却是头一遭。

　　那哭声甚为洪亮，在山间回荡不止，恐已传到上方的寺院殿宇了。看门和尚害怕哭声打扰了寺里众僧的功课，自己会被长老怪罪，就跟那母亲说：

　　"檀越，不如你还是先带他下山……等再大一点才送上来……"

　　农妇急得几乎跪下去，自己也泣不成声。她丈夫上个月刚病死，家里五个孩子许多都还小，实在养不了。有三个女孩跟一个男孩已经送人家收养，就只剩这生下来就吓人的老么，说什么都没人要，除了送上寺院来，她再想不出什么办法。

　　"请大师拿剪刀来。"她勉强收起泪水说，"我就把这衣服割开吧。"此等非礼之事在少林山门前发生，要是误传了出去，可是大大有损寺院的清誉。

　　和尚正在犹疑间，却见后面已有人从石阶上信步下来。他们定睛一看那身穿袈裟、手提禅杖的身影，不是别人，居然正是少林寺方丈本渡禅师。几个和尚连忙合十低首，心里很是害怕——方丈竟为这等小事亲自下来察看，必然是要责怪那烦人的哭声了。

本渡禅师踏下来的步履甚是稳重，禅杖只是轻轻点地，并未需要用它来借力；未满五十岁的魁梧身躯挺得笔直，宽厚的胸肩将僧衣袈裟撑得胀满；犹如岩石的头脸，除了戒疤之外还有两、三道深刻的伤痕，都是年轻时在寺内练武比试留下的。

虽是如此长相身材和堂堂步姿，但本渡并没有给人半点盛气凌人的压迫感，反倒像一棵会行走的大树：坚实壮硕，却能包容庇荫一切。

众和尚再看住持身后，下来的还有数人。原来是文僧长老了澄大师，身边左右有两个弟子搀扶着。了澄是本渡的师叔，当今少林寺里除了已退任的前方丈了恒大师以外，就数他辈分最高。众和尚见了更惊得身子缩作一团。本渡趋前看看那周身是毛的婴儿，半白的眉毛扬了一扬。

"可怜的孩子……"本渡伸出曾经苦练少林"铁砂掌"、五个指头都磨平了的手掌，轻轻抚摸婴儿的头顶。

那手掌虽是骨节突露又满布厚茧，但抚摸的触感异常轻细，隐隐显示了本渡武功已达"从刚臻柔"的境地。

在这温暖的手掌抚慰下，婴儿却仍是哭泣不止，揪着母亲胸口衣襟的小拳头，似又抓得更紧。

了澄大师也走到婴儿跟前，慈祥地看着哭泣的婴儿。

"缘尽了，就放开吧。"

了澄这般轻轻说了一句。

婴儿的哭声顿时收歇，围着毛的嘴巴好不容易合起来。抓着衣服的五指也松开了。

　　了澄伸出一双枯瘦得像鸟爪的手。那农妇看着他清澈的眼睛一会儿后，也收起悲伤，把男婴交到他怀里。

　　已不再哭的男婴，这时竟与抱着自己的了澄对视，眼神里没有半丝对陌生人的惊惧，定睛不移犹如成年人。

　　了澄将男婴交到师侄的手上。

　　"本渡，这孩子过了蓄髻①之后，就由你亲手剃度。"

　　本渡恭敬地接过孩子，心里甚感奇怪。

　　了澄说完就让两个弟子扶着，拾级返往山上。他离开前又说了一句：

　　"此子虽顽鲁，但生就一颗见性之心，他日果证不凡。"

　　半年以后，男孩身上的奇异胎毛渐渐自行脱落，再与一般婴儿无异。

　　五岁回归少林寺，方丈本渡亲手为徒剃度，按少林七十二字辈分排行，为"圆"字辈。

　　七岁正式诵经礼佛，同时开始修习少林武艺。少林寺强调"禅武不二"，即使是武僧也不可偏废了禅修功课，若有怠惰则禁止练武，以防他们一味斗胜争强。这孩子过了整整两年，都没能把最入门的经文念诵完，坐禅听讲时又常常打瞌睡；但每到武课就马上生龙活虎，而且好胜心甚强，不论什么样的锻炼，都爱好跟同辈甚至前辈较量比试，许多同门也都怕了他。

---

①少林寺所收幼儿，都交给在山脚下为寺院耕作的农家寄养，直至约五六岁方带回寺出家学佛，这称为"蓄髻"。

师父本渡多次罚他禁足练武场，后来总是了澄太师叔出口为他开脱：

"且由得他。这孩子，不可当作其他人般教。"

孩子听过太师叔的话后，倒有时自觉地拿起经书来念。虽然到了最后还是读不懂多少经文。

二十二岁这年，他通过少林武学的最高试炼"木人巷"，以双臂夹放在巷道出口的灼热鼎炉，臂内侧因而烙上"左青龙·右白虎"之印，是为少林高手之标记。少林数百年来得此烙记之最年轻者，他是第四名。

烙记还未痊愈，他同日就长跪于"金刚堂"不起，请求方丈师父批准他修习少林镇山之宝"十八铜人大阵"[2]。三天之后又是了澄为他说情，获赐铜甲一副，六角镶铁齐眉棍一杆。

二十四岁，从上山参拜的武人口中，得知近年武林掀起的暴烈风波。一个月后独自出走少室山，为的只有两个字：

武当。

✕

那半张铜铸的夜叉恶神脸，造型异常凶暴慑人；每片包镶着铜片的护身铁甲，也满是叫人触目惊心的磨蚀与凿痕。

[2]关于少林寺"木人巷"与"十八铜人大阵"，详见《大道阵剑堂讲义·其之二十八》。(P.28)

然而这一刻，看在江西车前村两百名村民的眼里，这个在阳光中反射出金红光芒的身影，无异于下凡的菩萨活佛，众人心里有一股要下跪膜拜的冲动。

圆性和尚穿戴着全副"半身铜人甲"，右手倒提齐眉棍斜垂身侧，眼睛牢牢盯着十尺之外的鄂儿罕。

阳光照射之下，鄂儿罕那张轮廓深刻的面孔却显得神色阴沉，眼神再不像平日死鱼般冷漠，激动地瞪着被圆性踩在脚下的同伴韩思道。

鄂儿罕双臂迅速在身前交错，左右握着腰间双剑柄，严阵戒备这名不知从哪儿冒出来的野僧。

韩思道仰卧在地，本来白皙的半边脸，被圆性那一拳打得高高肿起，颜色由紫入黑，一双细眼翻白，嘴角冒出白沫来。他呼吸很浅，似已没了半条人命。

站在鄂儿罕身后那十名术王众，先前凶狠跋扈的神情自然早就消失，一个个目瞪口呆，神情难以置信。

——在他们心目中，不只是波龙术王本尊，就是术王敕封的几位"护旗"大人，都俨如凡人不可碰触的地煞魔星；其中之一的韩思道，却竟然在他们看也看不清的瞬间，就被人打得倒地半死！

其中一个拿着大迭"化物符"的术王弟子，惊呆间手指不自觉地松开来，纸符脱手，如落叶般随风飘飞。

好几片纸符吹到鄂儿罕身上。他一动不动，仍然保持随时拔剑的姿势，内心却在暗暗叫苦：

——到底交上了什么霉运？竟然连续两天遇上这样的事情？

圆性戒备着鄂儿罕等人的同时，也在观察四周状况。他看见众多哭泣流涕的村民，再见到术王众牵着的马匹鞍旁，挂着许多个大布袋，就知道眼前绝不是什么好事——韩思道突然出手暗算更是明证。

——带这么多袋子，是抢劫吗？……

被圆性所擒并逼着拉车的四个马贼，已经停止了疯狂挣扎。原先他们骤见令人闻风丧胆的波龙术王部众，想要拼命逃生；怎料这恶和尚一拳，就把对方一名头儿连人带剑都击垮，这等武功，他们从前连想都没有想过。

——我们竟然在他手底下活了过来……简直是祖上三代积的福！

当中一名马贼，顺手抓住飘来的一片"化物符"看看，口里忍不住喃喃地说，"我听说过……抓'幽奴'，原来是真的……"

圆性的心思远远不似他那憨厚的外表，这句话没有逃过他耳朵。

"快说。"他扬扬浓眉。

那马贼懊悔不已，惶恐地左右瞧瞧双方，心想还是这和尚比较不好得罪，吞吞喉结便说，"那些布袋 ……是用来装人头的，好像是他们什么仪式，得用人命祭死者……"

圆性看一眼布袋大小和数量，又瞧瞧村民的人数。

不是抢劫。是屠村。

他一双又圆又大的眼睛，瞬间收紧目光。

这一趟，没有来错！

圆性最初因为跟踪颜清桐，误打误撞来到江西；然后又意外听闻有"武当弟子"在此地，纯因好奇方才一直南下找寻，并没有想过找到的所谓"武当弟子"，竟然是如此邪恶之徒。

圆性一眼看去就断定，对面虽有十一人之众，唯一堪称敌人的就只有这个带着双剑、容貌不似汉人的黄须男子。

鄂儿罕虽因韩思道被击倒而大感惊讶，但他毕竟由波龙术王亲授数年，身姿架式未因情绪而动摇，交错的两臂肌肉，处于一种既不紧张却也没松弛的微妙状态，能够高速拔剑出击；双腿膝盖略蹲，势如随时扑击的豹子。

圆性看出此人确实不弱。这等功夫，要非历经无数生死搏斗，就定然是名门所传。

"收集人头？……"圆性朝鄂儿罕冷笑，"你知道吗？我曾经见识过真正的武当弟子……我肯定你们是假货。"

他说着扬起棍头，直指鄂儿罕的脸。

"武当弟子，才不会干这种无聊事。"

鄂儿罕听了，双目又恢复往日那死寂无神、仿佛无视一切生命的眼神。

极度的冷酷，其实表现出心里的熊熊怒火。

——你这是说，术王猊下教给我的武当派绝学是假的？

对鄂儿罕来说，这就等于否定了他的人生。

这时传来一记闷呼。是地上的韩思道。

原来圆性踏在他胸膛上的脚，不自觉地加重了力度。与其说是韩思道呼叫，不如说是那压力硬把他胸膛里的气挤了出来。

圆性的愤怒，绝不亚于鄂儿罕。尤其在看出了鄂儿罕的武功水平之后。这等武功，却用以威逼残害寻常百姓——在圆性的世界里，这是难以想象的卑污之事！

韩思道胸口肋骨发出破裂声。

鄂儿罕听了怒意更增：他跟韩思道关系虽不好，但对方好歹是术王亲挑的"副护旗"，如此被人像只蟑螂般踩在脚下，就等于对术王犯下的直接侮辱！

昨天早上在庐陵县城，他毫不羞愧地选择逃跑，因为对方有五个人。然而今天眼前对手，只有一人。

——要是今天不能把这些"幽奴"带回去，我还算是物移教的"护旗"吗？

灭化无常，死何足畏。

事神以诚，宣教大威。

鄂儿罕的眼神又再变化，这次透出了一种疯狂之色。

圆性再次扬眉。他清楚地感受到，鄂儿罕的架势散发出更强烈的气势。

相似的眼神，圆性曾经见过：那个死在他怀里，犹如行尸走肉的男人。

——鄂儿罕并非服了"仿仙散"，而是靠着对波龙术王的信念自我催激。效果就如昨天他在县城向部众念诵咒文一样。

鄂儿罕咧开两排牙齿。黄须扬动。

圆性感受到敌人散射的战气，马上也做出相对的反应。

两人几乎是在同一刹那发动。

鄂儿罕腰带上一对湘龙派古剑，先左后右交错出鞘。他的身体俯前，几乎成一直线，全力扑出！

圆性则以韩思道身体为踏板，穿着铜甲的左腿猛踩他胸口前跃。随着韩思道痛苦吐血，圆性壮硕的身子如炮弹般射出，同时已架起齐眉棍，借着这股冲力，使出少林"紧那罗王棍·穿袖势"，镶着铁皮圆钉的六角棍头，直取鄂儿罕面门！

鄂儿罕的双剑也已成招，运用波龙术王所授"武当势剑"，左手剑斜架在头顶上方，右手剑横向反砍圆性颈项！

二人跃扑之势都甚猛，那十尺距离在一眨眼间已缩短，剑棍火速交接！

鄂儿罕这招"势剑"是要正面硬破，靠头上的左手剑将圆性刺棍架去，同时右剑砍斩，连消带打取胜；怎料左剑一碰上那齐眉棍，就已感受到非常强横的力量，如排山倒海传至，左剑非但无法将棍拨去，棍力反倒压过来，影响了他全身的架势与协调，连右手剑都一时滞碍砍不出去。

只是兵器交锋，圆性的刚劲就足以透到对方的身体骨架里，仿佛将鄂儿罕钉在原地！

——这种力量……

鄂儿罕还来不及惊愕，已感到左剑被反压下去，六角棍吃着剑身，仍然从中线刺入！

鄂儿罕果断地变化右剑去向，也将之架往齐眉棍，合双剑交叉之力猛举，这才抵住了浑厚的棍势。

　　圆性这招"穿袖势"乃跃在空中发出，为了拿捏最强的攻击距离，右手右足皆居前。这时刺棍之力已尽，他身子一着地，左脚又紧接着踏上前去，左手同时像划桨般猛拨出，将另一端的包铁棍头横扫出去，"跨剑势"挥击鄂儿罕右肩！

　　——从刚才远距离如标枪般的直刺，再瞬间变换成近接横扫，左右两端发招自如，正是这根双头齐眉棍的妙处。

　　鄂儿罕面临对方横向扫击，本可将双剑化为直刺反攻，用"以直破横"之策，把圆性逼开。

　　可是眼前一片光芒，原来圆性此刻变成左足在前，整个左半边身都有铜甲保护，鄂儿罕的剑尖无从下手；圆性这"跨剑势"不只手中棍，全身上下犹如一面会移动的铜墙铁壁，朝鄂儿罕迎头压来！

　　先前接招时已见识了圆性的刚劲，鄂儿罕更加不敢硬碰，上身后仰闪躲之余，下面双脚施展出术王所授的武当轻功步法，以巧妙角度退去，避开了这拦身扫棍！

　　鄂儿罕后退，圆性却不上步去追，只顺着扫击之势将齐眉棍抡过半圈，同时双掌在棍身上滑过，瞬间从双手握棍中段，改变成持着棍尾一端，尽用了棍长五尺有余的优势，再次大幅扫出，这次改攻下路，"乌龙翻江势"劈杀鄂儿罕后退中的两膝！

——长兵器之利，是不用改换架势高低，兵锋已可覆盖敌方从头到脚之全身！

鄂儿罕赫然感到下路有威胁袭来，惊异于敌人变招之猛之速，再也顾不了面子，拔腿跃后闪过这低扫棍，着地时又再急跌了数步，握剑的双手大大摊开保持平衡，状甚狼狈。

长棍夹沙尘贴地扫过，如镰割草。

旁观村民的眼神不足以捕捉那快棍，只见一抹残影在地面刮过，带有一种极为锐利的声音，他们一时还错觉，圆性手上那条木棍，不知何时化成利刃。

圆性趁机奔前追击，双手再次化为近身短打的两头握式，一个弓步朝鄂儿罕中路直进，两拳有如推出般猛力冲前，以棍身中央直压鄂儿罕喉颈！

鄂儿罕毕竟苦练剑术日久，很快就恢复马步平衡，见这压棍攻来，他及时竖立双剑，成二字架在胸前，仅仅将棍身抵住！

两人变成近接以硬力相抗，三柄兵器紧紧互挤，他们的头脸也顿时相距不足两尺。

鄂儿罕感觉圆性那山崩般的劲力，一刻不放松地涌来。他吃力地紧锁双臂关节，才勉强抵抗得了。

鄂儿罕近距离地看了圆性一眼，发现圆性虽一脸乱生的胡须，但其实面容甚年轻。

这等拳棒功夫。还是个和尚。鄂儿罕心里再无疑问。

"少林？"

圆性听了微笑，回了一句：

"武当？"

圆性那笑容里充满了轻蔑。

意思是说：**你这样也算是武当？**

这越过了鄂儿罕心里的尊严最底线。

圆性突然感到棍上的抗力消失。代之的是一种有如胶着的牵引之力。

鄂儿罕双剑已变势，从向前力推化为往斜下方带下去。

"引进落空"之技。"太极剑"。

圆性的齐眉棍猝然被双剑黏带向鄂儿罕身侧，失去了攻击的准头！

鄂儿罕接连再变，右剑仍搭着长棍中央往下带，左剑却已离开，遁最短的直线，以最小幅的动作，平平刺向圆性右目！

在近身缠战中突起这变化，古剑尖锋又在甚近的距离里急刺而来，圆性似已无闪躲的余地。

——在这刹那，圆性心里感激一个人：

武当"兵鸦道"高手，尚四郎。

全因为在西安与尚四郎的一战，圆性早已对"太极"不陌生。鄂儿罕发动双剑化劲，他就知道是怎么一回事。

——任何一个高手都会告诉你：在他们那种层次的对决里，"知道"有多么重要。

电光石火之间，鄂儿罕心头狂喜。因为他刺出一剑的左手，从剑柄传来了得手的触感。

——我打败了少林武僧！

那喜悦令他忽略了那触感的微小差别：剑尖刺中的，是比人体任何部位都要坚硬的东西。

原来圆性早就捕捉到这刺剑来势，他略一侧头，用左半边的夜叉铜面具额头处，将这剑挡了下来！

鄂儿罕刹那间无法控制的喜悦，成了一个致命的错误：要能充分发挥"太极"那微妙的"一羽不能加"的功夫，必须具有在刀山血海、千军万马中也丝毫不动之心，一旦为惊惧、迟疑、骄傲、轻慢等情绪所滞碍，就无法完全放开敏锐的官能，以感应敌人力量的流向。

——就如西安一战，桂丹雷迎尹英川八卦大刀劈下而色不变，正是他取胜的关键。

单这一点，足见鄂儿罕的"太极"仍欠火候。

鄂儿罕赫然发现并未得手，右手剑急忙继续化引圆性的长棍向下，以防他抽棍反击。

可是已经没用。刚才那一刻的滞碍，已削弱了他的化劲；更何况他不是姚莲舟这等"一心二用"的绝顶高手，左手的刺剑也影响了右剑的运行。

那化劲的弧线，**已经不再圆。**

齐眉棍脱离"太极"的控制。

用"太极"的人失去了控制，就等于败了。

鄂儿罕的化劲不靠眼睛，只靠剑上触感去确定对方齐眉棍所在；如今棍已经"消失"到不知哪儿去，他恐惧中只能做一件事：

　　把全身肌肉紧缩，准备迎受那棍击。

　　一股像被鞭打的火辣痛楚袭击左肋，鄂儿罕如遭雷殛，吐出一口苦水！

　　他幸有物移教的自我催激法将那痛楚减低，强呼一口气全速飞退，同时在身前乱舞双剑花，欲阻圆性追击——圆性却不必起步去追，原地屈膝化为低沉的前弓步，右手握棍尾猛冲，棍身从左手的铜拳甲里疾吐而出！

　　六角铁棍穿越那双剑花之间的微细空隙，就像毒蛇腾身噬击般准确，鄂儿罕胸骨应声破裂，黄须随着"哇"一声染红！

　　这一击同时也打破了鄂儿罕身为武者的自信。

　　圆性一招一式拳棍皆至简至朴，却尽显少林那正宗纯厚刚健的上乘风格，完全是凭正面的速度、力量、气势与精神凌驾对手。

　　心正，拳则正。

　　此刻正在吐血倒退的鄂儿罕眼中，这少林武僧，犹如一块看不见弱点的坚硬岩石。

　　假如纯是武者间的比试，这时已经分出胜负。但圆性没有停下来的意思。一想到那几口大布袋，想到那两百个村民惊恐的脸庞，他没有任何要尊重这个敌人的理由。

半边铜面具掩盖下的眼睛，冷酷如冰霜。

这冷酷，却同时表现出最单纯的慈悲。

为众生去恶。

圆性乘着刺棍跨上右步，继而猛跃起来，双手合握棍末举过头顶，以"紧那罗王棍"的"顺步劈山势"，集全身之力，并且尽用齐眉棍全长，朝鄂儿罕顶门挥下去！

鄂儿罕把一双古剑迎往头顶上方，其势又是想再施"引进落空"。

到了最危险的关头，他本能地倚仗向来最信赖的"太极剑"。

——可是圆性已经有跟武当正宗"太极"决斗的经验。在他眼中，鄂儿罕这双剑不过是半吊子的"伪太极"。

昨天鄂儿罕状态完好之际，尚且无法安然将荆裂的倭刀斩击化去，何况此刻面对也是实力相当的圆性。

这"太极剑"的"小乱环"弧形虽能接上齐眉棍，但棍的劈势实在太猛太强，剑招只能勉强将它往旁移卸两分——鄂儿罕头上的卷状布巾，刹那间遭齐眉棍狠狠劈陷！

他一双本来就没有什么生气的眼睛同时翻白，舌头长长伸出，双剑脱手，身体犹如穿破的布袋般塌了下去！

圆性倒拖着染血的齐眉棍，矗立在只剩最后一丝气的鄂儿罕身前。

他一身形貌杀气充盈，村民无法抑制地纷纷下跪，以敬仰的眼神凝视他。

余下那十个术王弟子则吃惊得无法呼吸，他们视为魔星般的两位"护旗大人"，相隔不够一盏茶时间，就相继倒在这野和尚脚下。

圆性俯视双眼失神、手脚仍在缓缓挣扎的鄂儿罕。

"真可怜。你学的这'太极'，是骗人的啦。"

圆性瞧着他被不断从头上流下的鲜血染红的脸，忍不住说，也不管他是否还听得到。

"我没猜错的话，教你的那个人自己还在练，只是拿你来测试功力。你学的这套，打不了真好汉。"

鄂儿罕露出痛苦的神色，不知道是因为重伤，还是获悉自己苦练多年的"武当绝学"只是假货而感到憾恨。

他眼睛视线游移，似乎已无法看见圆性，只凭声音辨别他所在，伸出左手似要摸索他。

鄂儿罕身体已经甚虚弱，但他还有力量做一件事。用手指拉动藏在腕脉处的机关。

一物从他五色怪袍的宽袖里弹射而出！

圆性站得甚近，赫见异物已飞到面前，他迅速举起没拿棍的左手！

他本来可以一拳就把那东西击飞，但瞬间感到不妥。

——圆性自小在少林寺长大，涉足江湖日子甚短，他这时并非凭什么经验判断，反而是因心思纯真，对邪恶有一股甚敏锐的直觉。

他左拳半途化为龙爪手，一把将那飞来之物准确抓在掌心！

鄂儿罕仿佛用完最后一丝气力，那条左臂软软跌下来，就此一动不动。

他永远也不能再吃强抢来的鸡腿，也永远不能再杀人了。

在空地另一头仍在吐着白沫的韩思道，结果倒还比鄂儿罕活得久一点。

圆性摊开左手，看看自己抓到了什么。

那是一颗青色的小小蜡丸，外表看那蜡皮并不太厚，随便一撞就要破裂，只有其中一面贴着好几层纸，造得较厚硬，是在机关弹射时受力用的。

圆性以一只穿着笨重铜甲之手，却能以"少林五拳"里的"龙形"探爪擒拿手法，将这蜡丸接下而分毫无损，可见他除了刚猛拳棍之外，手底里也有柔细的功夫。

——圆性自与尚四郎的"太极"拳刀比拼之后，这半年来在途上刻意苦练擒拿技，就是要补当时近身缠斗的不足。

看见圆性手里这蜡丸，围观的术王众惊呼起来：这东西不是别的，正是昨日在庐陵县城里，一口气杀害数十人的物移教可怕秘毒"云磷杀"！

假如刚才圆性稍向它挥击，又或闪躲开去让它跌破，剧毒的粉雾四散，此刻车前村里敌我双方所有人都没救。

圆性瞧见那些术王众凝视"云磷杀"时露出的恐惧脸色，就知道这东西绝不简单；再回想刚才韩思道曾在剑刃上沾药试图暗算他，圆性更猜到这东西是药物。

"是剧毒吗？"圆性用两根指头轻轻夹着那蜡丸，往前一步向那些术王众问道。

术王众见他拿着"云磷杀"如此轻率，纷纷倒抽着凉气。其中一个忍不住轻呼，"别弄破……"

圆性点点头，从僧袍内侧取出一方汗巾，把蜡丸包好，放进怀中。

术王众这时略松了一口气，再看看地上的鄂儿罕与韩思道，突然醒悟自己身在何种处境。圆性手中的齐眉棍，镶铁棍头还在滴着血。他们不禁心寒后退。

"出家人，说这样的话似乎有点奇怪……"圆性搔一搔没有盖着面具的那边眼眉，"可是我真地找不到不把你们杀光的理由。"

十个术王弟子一听腿都在颤抖，平日横行庐陵、肆意劫杀的威风不知已经丢到哪儿去。有两个还当场失禁尿了出来。

刚才他们已经见过圆性犹如猛兽的疾速。逃走不是办法。

——也许十人一起四散奔逃的话，会有几个人活下来。可是谁又愿意冒险去当别人的挡箭牌呢？

就像先前的车前村民一样，他们十人也被恐怖镇锁在原地不敢逃走，只不过现在身份换过来了。平日大唱"死何足畏"的物移教歌词，祭典宴会时顺着大伙儿高喊口号，一旦死亡真的临头，不是个个都能奉行这神旨圣训。

术王势力过去一直无往不利，众多信徒弟子都沐浴在狂喜与欲望之中；但如今形势逆转，在这正气充盈的少林僧人威慑下，他们的信仰都崩溃了。

圆性的指头不断轻敲半边面具的额角，状甚苦恼。

"怎么办呢？……要我杀不敢反抗的人，又很难下手；要我放过你们吗？又对不起这儿的百姓。我怎么晓得，你们过两天会不会又带着那几口大布袋回来？"

术王众慌忙挥手摇头，有的结结巴巴地辩说，"不……不！绝不会……"

"这样吧……"圆性说着，突然一手将齐眉棍抛向他们，其中一个术王弟子双手将棍接牢了。

——竟然毫无顾忌就把兵器扔给敌人，那份自信和豪气令在场的人都咋舌。

"你们每个人把一条手臂跟一条腿都打折，留下兵刃便滚吧。"

圆性说完就不理会他们，转头朝着那四个被他在横溪村擒下的马贼走去。

四人看着那些愣在当场的术王众，心里不禁庆幸。他们虽然因为生活艰苦，豁了出去落草为寇，但始终因为一点良知，没有去投那丧心病狂的波龙术王，否则今天就不只被逼着拉木头车这么简单。

圆性走过来，取下了半边夜叉面罩塞到护甲的腰带里，一张粗眉大眼的胡须脸这时消去了杀气。他伸手松开四人颈上绳索束缚。

"比起那些家伙，你们好像变得没那么可恶了。"圆性将绳抛到一旁。

"不用去衙门了。你们走吧。以后如何，是自己的造化。"

四人吃惊地看着这古怪和尚好一会儿。这时圆性身后传来惨痛的叫声。术王众开始用棍互相殴打手腿关节了。

这一刻四人异常激动，就跟村民一样同时朝着圆性下跪，深深叩了个响头，然后无言奔跑而去。

——他们此后没再作贼。一个回家守着父母那块瘦田；一人当了行脚医的徒弟；另外两个结伴去了广东，十几年后做生意发迹了。

圆性转而又看着那些车前村民。他们仍一个个跪着。圆性皱眉，搔搔那头浓密如杂草的短发。

"怎么了？……先前又是这样。你们吉安人有这样的习俗，看见和尚便得跪吗？"

他说着上前扶起一个老农妇。

"我倒想问问：你们这村子里，有人会剃头吗？"

大道阵剑堂讲义 ◎ 其之二十八

"木人巷"为少林寺武道的最高试炼，只有通过者才算是正式的少林"护寺僧兵"，得以配给个人兵器，并获许进修更高的少林绝艺。"木人巷"本身就是少林禁地，秘不向寺外人公开，因此产生了许多幻想不实的传说，甚至说"木人"是两大排以机关驱动的厉害人偶，会对进入巷内的人自动攻击云云。

真正的"木人巷"乃是一条全长十二丈、平均宽一丈的山洞走廊，开凿于少林寺"金刚堂"后山壁，进行试炼之时阵仗极大，沿巷两侧共有一百零八个武僧把守，逐一与进入的受验者以拳法对战。为了避免严重伤害，受验和把守双方，都会在心胸背项要害处穿戴着木板与厚棉布的护甲，因此才称"木人"。

受考验的武僧虽然不必把一百零八个"木人"都击倒，但要一一闯过逾百对手的拦截仍极为艰辛，短短十二丈的路程，平均通过时间却要一个时辰（两小时），进行连续不断的战斗与体力消耗，每一个对手都精力充沛，除了是武功造诣的测试，更是体能意志的绝对考验。

受验武僧到达"木人巷"尽头时，巷口有一座烧热了的大鼎炉拦阻，炉的左右两侧铸有龙虎图案，武僧须用双臂夹起鼎炉移开方可出关，因此会在前臂内侧烙下"左青龙·右白虎"印记，是为修得少林武学精髓之证明。

少林武僧除了通过武道修练参悟佛法，也肩负保护少林寺的重任，而"护寺僧兵"里以"十八铜人"为最高级别。"十八铜人大阵"乃少林武学至宝，其创编以"罗汉十八手"、"铁布衫金刚功"及"紧那罗王棍"为经纬，阵法以九人或十八人施展，拳棍互相无间配合，以发挥极强大的加乘威力。每名"铜人"按照其武功专长，得以配备不同形制的镶铜铁甲，如有的是半边身子，有的只装备双手双腿，都是为了发挥不同武僧的擅长功夫。

少林寺内武僧弟子接近八百人，"十八铜人"当然也不只十八个，事实上寺里常备的"十八铜人大阵"共有三队，可互相替补阵员。

第二章 温柔的缠斗

荆裂瘦小的身体，蜷缩在狭窄的岩洞里，紧紧抱着一柄满是凹痕的木刀，澄亮的眼睛凝视洞外漆黑的天空。

雨声淅沥。太黑了，无法看见雨点。但他依旧出神地眺视，仿佛能够看见些什么。

他知道，在这海岸对面的远方，就是自己的出生地烈屿——应该说，是父亲发现他的地方。

他的身世成谜；也没有人知道他为何被抛弃在那海岸上。他跟这世界并无联系。

他只有继续紧抱着木刀。

"小鬼！给我滚出来！"

雄浑的怒喝，透过雨声传来。可辨出是父亲的声音。

他探头出去看。

正好逢着闪电。荆照赤裸上身的壮硕身影，在那一瞬间闪现。雨水打在他肩背上，被体温化成雾气。他右手提着一条藤杖，左手却拿着一壶酒。

荆照举壶喝了一口，然后又高叫，"我知道你躲在这儿！滚出来！"那粗哑的声音中充斥着暴怒。

荆裂当然知道父亲盛怒的原因：傍晚在"虎山堂"练武时，荆裂因为太过兴奋，用木刀打伤了没有血缘的兄长荆越的一根食指。那只不过是在练定招对拆，胡乱出招的荆裂当然有不对；但拳龄远远长于义弟的荆越，竟然避不过那一刀，结结实实地在众同门跟前丢脸了——他可不是别人，而是南海虎尊派将来的掌门人选啊。

荆照一边叫喊，一边在黑暗的岩岸之间奔跳自如。虽然近年沉溺于杯中物，他的身手还没有受到大影响——"滚雷虎"这外号，可不是因为当上虎尊派掌门才得到的抬举，而是年轻时就在福建武林打响的名号。

在滂沱夜雨里难以视物，荆照遍寻不获，心情更恶劣了，将酒一口喝干，一把摔去酒壶，仰天如猛兽似的嚎叫。

荆裂却在这时自行从洞里爬出来了。

另一道闪电。

荆照远远看见这全身湿淋淋的小子，马上全速跑跃过去。

荆裂没有躲避。

荆照一到了他跟前，二话不说，就把藤杖横挥向他左肩。

荆裂双手分握木刀两头，举到身侧挡那藤杖。他体重连父亲的一半也没有，强烈的冲击之下，身体往另一边跪倒，几乎就滚跌下岩石去。

但他确实把这一击挡下来了。

荆照更愤怒，另一只手伸出，一把捏着义子的喉颈，把他整个人揪起到半空。

荆裂被扼得窒息，脑袋和胸口都像快要爆开来。可是他没有挣扎。手上的木刀也没有放开。他瞪着已经充血的眼睛，无惧地直视父亲。

那眼神里，甚至没有憎恨，反而有一股期待。

虽然痛苦得快要昏迷，荆裂心里却有一股异常的快意：每次就只有触怒父亲时，父亲才无法忽视他的存在。

这是荆裂自懂事以后就明白的事情。平日他在父亲眼中，仿佛还不如家里养的看门狗。不管跌伤也好，生病也好，饿着肚子也好……父亲从来不屑一顾。唯一的例外，就只有当他干了什么让父亲生气的事情时。

经过好几年，荆裂又渐渐知道，有什么事情最能够惹得父亲不快：当他在外头太过顽皮闯了祸时；当他从高树上跳下、跃到海里抓鱼、爬上祠堂屋顶，或者做其他大胆玩意儿时；当他把邻村的孩子打得头破血流时……也就是，当他每次展现出强悍本色的时候。

虽然每次最后都会给打得很惨，但隔一段时间他又会故意去干这些事情。因为唯有被打骂之际，他才能悄悄感到跟父亲接近。

荆裂决心：要吸引父亲，自己就要不断变得更强。比哥哥更强……不，有一天，比爹更强！

快失去意识的荆裂这么想着，眼睛依然凝视荆照。

荆照蓦然从义子的眼神里，感受到一股异样的情感。他不知道那是什么。但扼着义子喉咙的手掌不自觉地放松开来。

荆裂的身体发软，无法控制地崩倒在岩石上。

荆照俯视没有动静的义子好一会儿。狂雨继续滴打他头顶。然后他弯下身子，将荆裂抱起来，回头循来路离海岸而去。

这时荆照并不知道：短暂昏迷的荆裂其实早就给雨打醒。

荆裂闭着眼，缩在父亲的怀里。

在雨中，他感到那宽厚的胸膛，格外温暖。

荆裂从短暂的回忆梦境里清醒过来。

他睁开眼睛。树洞外透进的灿烂晨光很刺眼。

荆裂醒来的第一件事，就是竖起耳朵倾听，外面是否还有追捕者的声音。

天还未亮，那黑衣高手梅心树，就已经亲自带着术王众下来青原山脚，拿火把搜索堕下山崖的荆裂。荆裂这两个时辰以来，不断在逃亡和转移匿藏地。

梅心树看来指挥能力甚强，术王众的搜捕网非常紧密，荆裂一度几乎被包围网困死了，要非他懂得在身上涂泥和黏上树叶作保护掩饰，断不可能从术王弟子的眼皮底下潜过去。

确定了没再听到人声之后，荆裂才稍稍放松一点，接着就开始检查身体的状况。他尝试用力深深吸气，仍然感到那口气无法完全提上来，脑袋一阵昏眩，视线略变得模糊。

　　他的左肋因为跌下时碰到突出的岩石而受伤，现在每次呼吸都像被人用膝盖撞击一下。然而他气息窒碍，并非因为有这伤。

　　荆裂摸一摸右边颈侧，那儿有一道划破的伤口，呈着淡淡的紫色。昨晚在山壁上，他虽然果断地放开铁链往下逃走，人在半空时还是被术王众从壁顶射下的一枚淬毒袖箭擦伤了。

　　荆裂深知术王众毒药厉害，一着陆后就马上用力挤出伤口的血，又服了藏在腰带里的两颗急救药，可是那淬在箭簇的毒实在凶猛，虽然只浅浅划过，毒性还是入了血；再加上荆裂一直不断逃走，催动血气加速，那微量的毒很快就干扰到经络，荆裂此际还没有昏死，已是仗着超乎常人的强健体魄——刚才做梦，也是因为中毒吧？……中毒还不是他唯一的危机。

　　荆裂躺在树洞里，尝试轮番收紧全身各处肌肉，看看其他伤势如何。当运用到左肩和右膝两处时他感到剧痛，关节就像被又长又粗的尖针深深插入似的，一阵发软酸麻，几乎完全无法运力。

　　荆裂皱眉了。这两处挫伤是从山壁高处堕下，落到山脚时所承受的。下堕途中他虽然好几次借助树枝减速，但着地时的冲击力还是甚猛——荆裂武功再高，也还是人。

　　修练武道，伤病本来就是途上必然的"伴侣"，荆裂半点儿不陌生。碰撞割破，肉绽骨折，都不是最害怕的，最害怕的第一是内伤影响脏腑功能，气虚血弱，以致无法运劲；第二则是重要关节受损，无从发力或者失去移动冲跃的能力。多少杰出的武者，就只因为一个膝盖或者髋胯关节损伤，从此终结武道生涯。

　　荆裂再试着运劲，痛楚仍然甚尖锐。他想，自身的痛觉已经因为中毒迟钝了不少，也就是说这肩头和膝盖的实际损伤，比现在感受的还要严重……荆裂就是如此，在伤了一足一手、意识受毒药干扰、全身只剩下一柄狩猎小刀的状况下，于崎岖的山林里隐伏潜行，逃避逾百人的包围搜捕。连他自己都忘记了怎么能走到这儿来。

　　——这绝不是侥幸，而是长年在海外蛮荒之地历险，刻印到骨头里的求生本能。

　　虽然已暂时摆脱追踪者，荆裂知道自己绝不可以停下来。

　　——那家伙……不是这么轻易放弃的。

　　荆裂想起昨夜在"清莲寺"遇到的那头全身黑衣、使链子飞刃的"老虎"。他那时候还曾经猜想，这家伙是否正是波龙术王本尊？可是跟庐陵县民形容的外观不吻合。他应该是术王座下四名高手中的一个。

——这样的家伙也只是手下；那波龙术王，深不可测！

荆裂无法否认，昨天因为率先对上鄂儿罕和韩思道两人，自己对术王一干妖邪的实力确是略有低估，于是付出了代价。

他在心里一再告诫自己：以后绝对不要低估任何与"武当"二字有关的人和事！

荆裂再次深吸一口气，忍着痛楚换成半跪姿势，半个头探出那大树根处的洞穴外。

阳光叫他眼前一片浮影，要聚精会神才可集中焦点视物。体内的余毒令他如同害着大病，干裂的嘴唇泛白，背项流着冷汗。

徒步逃走似乎不大可能。即使逃得出这山脚，一到空旷之地，就很容易被敌人发现和追上。何况他拖着一条受伤的右腿，不知还能走多远。

荆裂想，要是有马骑就好办。不管逃走还是战斗，在鞍上他都有把握得多。

薛九牛必定在树林那边留着一匹马给他。然而此刻说不定已经被下山搜索的术王众发现，荆裂再去取马随时自投罗网。

可是再等下去也不是办法。荆裂一则忧虑梅心树又找过来；二是自己久久未归庐陵县城，虎玲兰他们一众同伴必然担心，很可能轻率过来青原山寻他……

他决定还是得赌一赌。他看看天上太阳，辨别了方向，也就瘸着腿在山林间行走，往昨夜留下马儿那密林小坡走去。

荆裂每走一步，手腿关节和腰肋间都传来剧痛，这反倒让他清醒，好抗衡那令头脑昏沉的毒药。他沿途摘下数片树叶咬在嘴里，让苦涩的叶汁流入喉间，既稍解干渴，又能清醒头脑。

荆裂走时看看四周。这青原山下一片苍翠，阳光在高树的枝叶间投下来，景色甚是恬静幽深。要非处于这种状况，独自一人来散步，倒真是心旷神怡。荆裂不禁苦笑。

许久没试过这么狼狈了……

好不容易出了那片密林，荆裂只感到头昏气喘，浑身都是大汗。术王众袖箭上淬的毕竟是致命剧毒，荆裂被轻轻划过而只沾上一点，已是非常幸运。

林外有一条幽静的小道。荆裂当然没笨得马上跳出去，而是伏在路旁的树丛里观察。一路以来荆裂无时无刻不细心倾听四方动静，暂时都未发现异状；直到此刻在路旁，他隐隐约约听到北面路口的远处，响起一阵声音。

是马蹄声。

荆裂伏在枝叶底下，一动不动，右手紧紧反握小刀的木柄。身体间歇发出一阵阵的寒战，他用意志强压着。

他专心听着。那蹄音不甚急响，只是缓缓踱步，而且听出来只有一骑。

是落了单的敌人吗？

……不管如何，这是一个绝佳的逃生机会。被追捕了一整个清早，荆裂已经憋够了这口霉气；一举夺马脱走，才合他的脾性。

有了战斗的目标，荆裂顿时恢复了不少生气，呼吸更深沉稳定。

他等待着骑者的到来，身体一动不动地半蹲在树丛间，无事的左腿已经在蓄着弹跳的力量；右边的反手刀略举起在胸腹高度，随时准备刺出。

荆裂此刻的姿势，犹如一条具有保护色的毒蛇，凝静地盘踞在树底，准备任何一刻的伸展噬击。

路口处渐渐出现那人马的细小身影，穿越林间一束束的阳光，往这儿接近来。

荆裂的眼睛还是有点聚焦不清，那骑士走来时，他依稀感到有点眼熟：鞍上的身影很高大；迎风吹拂着发丝，看得出是个女人；手里斜斜提着一柄长刃……

——是……虎玲兰？！

荆裂心头一阵狂喜激动。但他还是强忍着没马上跃出去，而是静候那身影走得更近。

当看得更真切时，荆裂的心冷却下来了，庆幸刚才没有过度兴奋。

那个一身黑衣的女骑士虽也身材丰盈，但骑马的动作姿态没有虎玲兰那种闲适气度；反射着阳光的脸庞很白皙，不是鹿儿岛女儿的麦色；拿着的长刀也不一样。

霍瑶花弯身坐在鞍上一晃一晃，与其说是她骑马，不如说是马在驮着她走。她眼神失焦犹疑，似乎未知自己身在何地，神智还没有从昨晚的"昭灵丹"药力，还有虎玲兰那记刀柄猛撞中清醒过来。

霍瑶花昨夜发狂似地逃出庐陵县城，二话不说上了马鞍离去，却完全不知方向，只管猛催马儿，不久之后更在马鞍上坐着陷入昏睡，全靠马儿认得路，才把她带回青原山。她刚醒来不久，只觉得头痛欲裂，全然不知道自己所在，就连昨夜的记忆都十分模糊，只是任由马儿驮着她信步而行。她身上所受的刀伤都已干结止血，并没有性命危险，但被药力影响，感觉身体四肢好像随时都要断开掉下来似的。

突然一物从旁边树丛中冲出，打破了林间的宁静。

披头散发、一身黏满泥巴树叶的荆裂，如野兽般弹跃而起，朝鞍上的霍瑶花扑击！

——他手腿受伤，这一扑已经是毫无保留，将所有气力聚在一条左腿上跃地跳起，右手小刀乘势往前插去！

霍瑶花毕竟也是无数次出入生死修罗场的女刀客，刹那间被激起了战斗反应，举起锯刀当作盾牌般把荆裂的小刀格住，另一只手猛抓向他的头发！

荆裂身材健硕，飞扑力度亦猛，虽被霍瑶花格住刀尖，扑势却未止，与霍瑶花抱缠在一起，二人从马鞍另一边滚跌落地！

荆裂这潜伏一扑实在太迅速也太突然，马儿这时才来得及惊嘶，跳开数步。霍瑶花手中锯刀因为与荆裂撞击而脱手，摔落到路旁草地。

两人在地上激烈地扭抱缠斗，翻来滚去，他们分别受着毒和药物的影响，头脑都非完全清醒，全凭身体感觉和原始本能，互相意图以蛮力压制对方。

荆裂并不知道霍瑶花是谁，一时也没能联想起昨天县民形容过的术王座下那女魔头，只知这女子骑马带刀在青原山脚出现，九成都是敌人，一出手就不留情。

躺在地上扭斗不必站立，荆裂右膝的伤较不碍事，可是左肩难以运力，靠一只右手持刀与对方相搏，左手只能以肘弯勉强紧抱住霍瑶花腰背。

霍瑶花虽有两手可用，然而荆裂握有利刃，在这贴身肉搏里非常危险，她死命用双手擒抵着荆裂的右臂，二人一时变得势均力敌。

他们本来就已负伤不轻，纠缠格斗好一阵子后，双方都感到气喘疲倦，动作停滞扭成一团，谁也赢不了谁，意识因为倦怠变得更模糊了。要是有不知就里的第三者在场，会错觉这对健美的男女正在亲热拥抱……

被荆裂沾满汗水的刺青壮躯压过来紧抱着，霍瑶花脑海里生起熟悉的感觉——师兄……已经许久以前的回忆，在瞬间如潮袭来。

拜入楚狼刀派的霍瑶花非常早熟，从少女时代就仰慕门派里那些比自己强悍的男人。其中给她最强烈感觉的，当数三师兄翁承天。翁承天其时武艺冠绝同侪，人长得高大硕壮，左肩头还有一幅很漂亮的野狼刺青，霍瑶花不可救药地被他吸引。

翁承天也感受到这小师妹的爱慕之情，两人瞒着师长同门，秘密结成情侣，不久后霍瑶花更失身于他。

霍瑶花永远忘不了那些日子：在黑暗无灯的草料场里，翁师兄散发着雄性体味、汗水淋漓的火热身躯，用力地拥抱着她；她的手指头滑过他那坚实如岩石的肩头与胸膛……可是他们在一起才不够一年，翁承天就奉师尊之命，为了巩固楚狼刀派的地位与财源，迎娶当地一名豪商的女儿。他连跟她说一句再见也没有，生怕她缠着自己。霍瑶花看清了那壮硕的躯壳里，藏着的是一颗如此窝囊胆怯的心。

霍瑶花自此就对自己的身体自暴自弃。

她心里面只想着一件事——我要比这些卑劣的男人更强！

她开始用美色去引诱其他师兄，套取自己还没有学过的楚狼刀派武技；甚至最后连师父苏岐山都抗拒不了她，在床第间将本门奥妙倾囊相授。

那时候她心里的信念就更根深蒂固了：

——世上每一个人，都不过是为了自己的欲望而活。

数年后一次门内比试，霍瑶花把翁承天打得爬不起来。俯视着他受伤、痛苦、羞惭的脸，她心里并没有涌起预期中的复仇快感，反而为过去的自己感到悲哀。

——我竟然曾经爱上一个这么弱的男人。

她对身边所有男性都感到厌恶。此后十年，霍瑶花从来没有遇上比她强的汉子——除了波龙术王一人。术王是个太可怕的人物，霍瑶花对他与其说是敬仰，不如说是被他那强烈的恐怖感臣服。霍瑶花虽被术王收为宠妾，但她对他没有生过半点爱慕之情。

她偶尔还是无法压抑，十五岁时初次拥抱男性身体那火热的回忆……此刻意识不清的霍瑶花，缠着跟师兄同样肩膀刺花的荆裂，怀念之情如决堤般倾泻，翁承天的身影与荆裂隐隐交迭。霍瑶花放软了手臂，轻轻抱着荆裂。同时一股冷意向荆裂脊骨袭至。是那毒药，他打了一个寒战，顿感霍瑶花的拥抱无比温暖。

——就像那天在雨里，父亲抱着他时一样。

短暂的瞬间，二人安然互相拥抱着。

风吹树叶，一束阳光透射来，映在荆裂手中的刀刃上。

强光反射进霍瑶花的眼睛。

她蓦然从那极短暂的梦里惊醒。

霍瑶花轻叱，双手牢握荆裂右腕，两个拇指紧按他手背，将那腕关节扭转！

荆裂拥有再强的臂力，也无法抵抗霍瑶花这双手施展的关节擒拿，迫不得已五指松开刀柄，旋臂扭肘，猛力将右臂收回来。

小刀一脱手，霍瑶花不再理会荆裂的手臂，伸手迎向半空，一把将跌下的小刀接住！

荆裂趁她接刀这一空隙，一个右肘横打霍瑶花脸侧！

这肘距离太近，霍瑶花避之不及，只能高高耸起左肩头硬接这一肘；一碰之下，她身体摇晃向后跌倒，但野兽似的杀伤本能仍在，右手拿着小刀就往荆裂面门挥割出去！

荆裂却已不在原地。他这一肘并非真的要伤敌，也估计霍瑶花必然挡得着；他只是要借这肘击的反撞力往后急退。

——打倒敌人，毕竟并非他眼前最重要的事。

刀锋在荆裂面前数寸处的空气中划过。

他身体在地上顺势一个后滚，蹲在地上转身，右手按着土地，姿态如青蛙一般，用尽一手一足的推蹬之力，朝着停在小路旁那匹马跳过去！

马儿还没来得及吃惊挣扎，荆裂半空已伸出右手抓牢鬃毛，单臂借力翻身，一下子就坐落在马鞍上！

霍瑶花被打那一肘只是让荆裂借力，力劲更是挤按多于渗透，她并没有受伤。一刀不中，对方却转眼已抢了她的坐骑，霍瑶花媚眼怒瞪，咬着牙抢上前去，要把荆裂拉下马鞍！

可荆裂一上了马就好像活了过来，立刻把马首拨转过去，驱使后蹄朝霍瑶花飞踢，将她逼了开去！

霍瑶花此刻清醒不少，仔细看这个一头辫子、满身血汗污垢的野汉子。

——这个人是……？

霍瑶花举起夺过来的刀子，朝荆裂扬一扬，示意：

——有种就拿回去啊。

荆裂却看着她微笑。他已经一整个早上没笑过了。

"我得赶路。这刀暂时寄在你那儿，日后再还我。"

他说着便骑着马儿沿路疾奔而去。

霍瑶花疲倦地跪了下来，恨恨地盯着荆裂远去。然而等到他消失之后，她又回想起刚才与这男人紧拥的温热触感。她眉头渐渐松开来，垂头瞧瞧手里这柄来自远方异国的小刀，指头轻抚那奇特弯曲的刀柄。要不是手上确确实实地拿着这个证据，实在无法肯定刚才的一切是幻境还是现实。

她一时无法形容自己此刻是何种心情。这种迷惘，已经许多年没有尝过了。

　　隔了不知多久，许多脚步声渐渐从她身后的山林深处
响起，马上又把她拉回刀剑无情的现实。

　　霍瑶花取下绕在颈项处的黑色蒙面巾，将那狩猎小刀
包裹起来，轻轻藏进腰腹的衣服底下。

第三章

破心中贼难

烈日当空，照得野地如火烧，王守仁与燕横两骑共驰于郊道之上，扬起一阵阵暴烈的烟尘。

　　他们从庐陵县城往西北直走，一路不停已经策骑了大半个时辰，由王守仁指着方向，燕横紧随其后。

　　燕横不时瞧向王大人鞍上的背影，只见他骑姿甚是娴熟，马儿疾驰间步履轻盈。燕横曾听那些儒生说，王大人少年时就勤习骑射，文武双全，可见所言非虚。

　　昨夜一战之后，波龙术王随时可能再次向县城攻袭，此行借兵刻不容缓，二人虽已挥汗如雨，也未慢下半点。

　　直至走到一条浅溪前，两骑要渡水到对面，也就暂且在溪边停歇，让马儿饮水休息。王守仁顺道为燕横脸上的伤口清洗，并且更换金创药和布带。

　　"伤口已经开始合起来了……"王守仁用溪水轻轻抹净燕横下颚，仔细检视了一会儿，"年轻，真好。"

"谢谢。"脸上的布带重新包扎好之后，燕横受宠若惊地答谢。他怎也没想过，有一天会让一位朝廷四品大官亲手为自己换药。

王守仁微笑，俯身在溪畔洗手，一边瞧着前方的水光山色，似乎想到了什么，顿时皱起眉来。

燕横也随着他的视线看去。日光把秀丽山峦的颜色清晰倒映在水面上，燕横看着时心里有一股安详宁静的感觉。

——如此福地，竟是盗贼如毛，甚至包藏了像波龙术王这等巨恶……这么好的山水，真是可惜……

王守仁此刻也是同样的想法。他一手搭着腰间长剑，站在粼光闪闪的溪流前，轻风吹动他的五绺长须。看在燕横眼里，那凝静不动的高瘦身姿，宛如一株立在水边的坚刚树木。

王守仁喟然叹息。

"破山中贼易。破心中贼难。"

燕横听了不禁动容。

两人上了马，踱步渡往浅溪对岸。走到溪流中央时，燕横忍不住问：

"王大人，治理天下，是很难的事情吗？"

王守仁苦笑。

"朝纲不振，宠佞当道，前有太监刘瑾等弄权，残害官吏百姓；今又有钱宁、江斌之辈乱政，侵蚀朝廷的根基，致使民怨日深，各地时有哗变民乱。你是四川人，也知道数年前当地人刘烈聚众叛乱之事吧？"

燕横点点头。青城派虽隐居深山，超然世俗之外，但那年川北保宁府民变规模甚大，直打到邻省陕西去，燕横也从山脚味江镇的百姓口中听闻了一点点。后来他又听师兄说，在那场平叛的战事中，有曾是青城弟子的地方军官牺牲了。

　　王守仁又续说，"这等形势，同时也诱使怀有异心的皇亲权贵，意欲乘着国政虚弱而夺权。此前就有安化王起兵谋反③，幸好给忠臣迅速平定了，才没有酿成天下大乱，否则不知要残害多少生灵。"

　　燕横听着，不禁又联想到波龙术王：这么穷凶极恶的妖人，竟然可在一地横行许久而无人过问，可见官府的管治已经腐朽到何等地步。

　　"可是……"王守仁这时眼里却闪出光芒来，"**事情难不难，跟该不该去干，是两回事。**"

　　王守仁这句话，正与燕横决意挑战武当的悲愿相合，燕横听了不觉重重地点头。

　　"荆大哥曾经跟我说过。"他说，"世上所有值得做的事，都是困难的。"

③正德五年五月，西北宁夏安化王朱寘鐇以清君侧（讨伐刘瑾）名义造反，仅十八天兵败被擒，入京伏诛。平叛将领杨一清与太监张永，乘献俘时密奏告发刘瑾，刘瑾旋遭抄家，凌迟处死。

两人相视，同时展出豪迈的笑容。他们一盛年一少壮，年纪相差了二十多载，更活在截然不同的世界里，但那不屈的意志却是共通的。

"荆侠士……真是难得的人才。"

王守仁说着却沉默了。荆裂迟迟未归，叫他颇为忧心，只是不好在燕横面前表现出来。

王大人提及数年前安化王之乱，也令燕横记起宁王府。他遂将宁王亲信李君元亲自延揽，还有西安武林大战可能有锦衣卫插手促成的事，一一都告知王守仁。哪料王大人听到，竟没半点意外之色。

王守仁自从复出到任江西庐陵县，就已经在留意宁王府的不法动向。宁王府经常借着无人敢阻的威权，肆意大量侵吞良民的田产，这等贪婪之举本也不奇怪，几乎所有皇亲国戚都以各样方式弄权自肥。但同时宁王又借这扩张的财力，在地方上大肆招纳好斗的亡命之徒，完全不问品行身世，王府中庇护供养的江洋大盗所在颇多；宁王这些年来更多次向朝廷请求，准许重建其王府护卫军，为此不惜大洒金钱贿赂京城众多高官，这也不是秘密。如今他又开始向身怀超凡绝技的武者招手……

王守仁深知宁王朱宸濠图谋甚大，然而自己今日官职权力仍然不高，对方是不易撼动的朱姓亲王，王守仁只能静观其变。

——但是他日若有人为了一己私欲而燃起天下战火，我就算用这血肉之躯，也会把他拦下来！

"你们几位……果然没有让王某看走眼。"王守仁得知荆裂他们并未受宁王府的权势名利所诱，甚是敬重，朝燕横拱了拱手。燕横急忙回礼。

"王大人，你说我们此行要'借兵'，借的是……？"燕横问时，两骑不觉已渡到溪流对岸。

"到麻陂岭后，你自然会知道。"王守仁回答。"燕少侠，待会儿你什么都别说，只要听我的。行吗？"

燕横拍拍腰后"虎辟"。

"我这剑，不是早就借王大人你了吗？不用再问吧？"

燕横说这话的神态有点模仿荆裂，整个人感觉比从前成熟了许多。

两人又再大笑起来，然后继续朝北面的山岭疾驰。

✕

一进到麻陂岭的范围，燕横就已经察觉那些闪现在树丛间的眼睛。

——林子里有人监视。

燕横正想开口，但想起王大人先前的嘱咐，也就忍住了。

王守仁却已知道燕横想说什么，微微一笑说，"不用介意那些人。"

他们牵着马，正徒步走在一条上坡的小路上。那路径弯弯曲曲，两边都是看不见深处的密林，可供埋伏之处甚多。燕横全身都进入了戒备状态，空出来的左手表面看好像只是自然垂着，但其实沉肩落肘，腕指处于一种介乎放松与贯劲之间的适当状态，任何一瞬都能够快手反拔出横挂在后腰的"虎辟"。

林荫虽遮挡了阳光，但树木密得透不出风来，他们走在坡道上只觉闷热，燕横身上和脸上伤处包裹的布带，全都被汗湿透了。

燕横一双长年修习青城派"观雨功"的锐利眼睛左右扫视，再加上耳朵倾听，察知两旁林间聚集的人已经越来越多，并且一直紧随着他们移动。

他瞥见树林之间闪过一道快影，是个包着肮脏头巾的高瘦年轻人，穿着一件由竹片编成的简陋胸甲，腰带上斜斜插了一柄镰刀，手里提着竹枪，踏着快要破烂的草鞋奔过。这年轻人身手甚灵活，跑步几近无声，但始终逃不过燕横的眼睛。

燕横看见对方就想到：这两天在庐陵县城里，看见的青、壮年男子特别少，现在知道他们都去哪儿了。

他终于明白，王大人要借的不是什么"兵"。是贼。

"没有办法。"王守仁悄声说，"这个时候，要找最现成的武力，就只有这些家伙。"

登上坡顶，燕横突感眼前豁然开朗，从这顶处可俯瞰前方下面一大段下坡道，蜿蜒通往对面远方的山林。在那对面半山之间，隐现几座很巨大的草棚房屋。

王守仁和燕横一抵坡顶，就如越过了什么警戒线。他们前后两方的林木里，像有大群的野兽骚动，散发出一股危险的气息。

一物夹着呼啸的异声，旋转着极速从他们身后飞来！

燕横以剑士的过人视力，只需稍微一瞥，就确定那暗器的飞行路线并没有瞄准他和王大人。他没有做任何过度的反应，只是伸手拦在王守仁胸前防止他乱动，让那暗器自身侧半尺外掠过。

那物插入坡道旁的一棵树干，是一柄粗糙又微微发锈的小斧头。

一直监视跟踪而来的山贼，一下子从林间全跳出来，二三十人将前后道路都封死了。

燕横打量包围着自己的这伙人，邋遢的打扮与刚才看见过的年轻人相差不远，各佩着粗糙简陋的武器护甲，其中许多拿的兵刃，不过是柴刀、镰刀等现成的农具，又或者简单地把竹竿削尖成长枪，没有多少柄是真正为上阵战斗打造的兵器。他们一个个透出凶狠如饿狼的眼神，直盯着王守仁与燕横，又特别注视两人身上的佩剑。

燕横留意到，这伙山贼大都很年轻，其中只有三四个是中年人。先前在林间看见其跑过的那名高瘦青年也在其中，此刻让人看得更清楚，一张脏脸其实很嫩，大概只比燕横大上两三岁。

另一个比较年长的男人上前，他瞎了一只右眼，却不用布带或眼罩遮掩，任由那个"米"字形的凄惨伤疤展现人前。男人双手拿着一对斧头，右手那柄不住地在空中抛接把玩。刚才的飞斧当然就是他扔出的。

"王县令，又要来抓我们吗？"中年男人用旧官职称呼王守仁，他的独眼瞄了瞄旁边这个全身都是伤、带着长短双剑的小子，咧开焦黄的牙齿讪笑，"怎么这次没带人来呀？"

——刚才独眼男人以飞斧测试燕横，结果燕横似乎全无反应，男人对他很是轻蔑。

王守仁过目不忘，记得这个他从前曾经镇压招抚的贼匪，名字叫梁福通。王守仁一手拉着马缰，另一只手搭在剑柄上，瘦削的脸铁青着无一丝笑容，盯着梁福通的眼神极为严厉。

燕横这两天以来看见的王大人，不管面对他们几个武者、随行的门生还是县城百姓，都总是一脸轻松亲和；与波龙术王对峙之际则正气凛然。像此刻这般盛怒的脸色却是第一次露出来，燕横看了，不禁大感意外。

果然连梁福通见了王守仁这样子也心中一凛，右手抛玩着的斧头更几乎掉下来。可是这么多兄弟就站在身后，梁福通只能强装不为所动。

他正要再说几句话壮壮气势，王守仁却开口打断他。

"我没空跟你闲扯。带我去找孟七河。"

山贼里比较年轻的那几个根本就不认得王守仁，一听之下心中动气。那戴头巾的年轻高瘦男子踏前一步，挺起了竹枪，却被梁福通伸出斧头拦住。

"要见他可以。"梁福通说,"可是我们寨里规矩,刀剑得留在这儿。"

王守仁一听笑了——但不同他往日的笑容,此时掀起嘴角的脸比刚才还要更可怕。

"只两个人,一个还是我,你们也害怕吗?这等胆量,还在山中称好汉?"众人只感到,王守仁身上散发出一股难以阻挡的气势。他继续笑着睥睨众山贼,半点儿没有被拦截包围的窘态,倒像是这几十人要出来恭迎他。

梁福通被王守仁讥嘲,一时满脸通红,沉默了好一阵子,最后还是被王守仁这气势压过了。他把双斧插回腰带上,往前头的下坡道伸手,示意让王守仁和燕横进山里去。

✕

这座建筑与其说是山寨,不如说像仓库。墙壁梁柱用的半是木头半是竹竿,屋顶只铺着干草,说穿了不过就是座比较大的草棚而已。

寨内四处除了横七竖八的床铺及各种起居物事之外,堆满了大包小包的布袋,大多都装着粗粮,也有少量的干肉果子,还有几只鸡鸭随处乱走,全是山贼们从附近的村镇劫掠得来之物。数量虽多,但不算丰盛,勉强可填饱肚子。

寨里四周塞满了几十个贼人，有的坐在干草堆上，有的倚着粮袋，包围成一个大圆圈，数十双眼睛全部不怀好意地紧紧盯着站在中间的王、燕二人。

此外还有几十个山贼挤不进来，围在寨外探头探脑地张望。这些人能抛弃家园远来山野中居住，过刀口舐血的生活，自然一个个都比常人强悍，杀人越货不过家常便饭。王守仁和燕横竟然就这么两个人闯入麻陂岭大寨，在他们眼中已是半条腿踏进棺材的死人。

在两人跟前空着一把竹造的大椅子，上面铺了块已经破损多处的毛皮，看不出是从什么野兽身上剥下的。这椅子一直空着，两人就这样一言不发地等，没理会四周的窃窃私语与讪笑声。

自从上次在成都马牌帮中伏之后，燕横就对这样深入陌生而封闭之地甚有戒心，早就在暗中观察退路，又密切留意有没有人藏着箭矢之类的暗算器具。

——必要时，我定然死命护着王大人杀出去 ……

众贼见燕横这小子如此年轻生嫩，又一身都是刚包扎不久的新伤，却带着一双看来甚贵重的长短宝剑，充起江湖剑客来，他们只瞧了他几眼，便把注意力都投到王守仁那边。

——听说他已经升任了朝廷大官，怎么又来了？ ……

等了好一阵子，大门那头人群起哄，并让出了一条通道。

燕横回头，只见一名头发乱得像鸟巢、身材矮小的男人，排开众人走进寨来，所经之处，个个山贼都露出恭谨的神色，可见这寨里纪律还算严明。

山贼之首孟七河，年纪只有二十七八，一张古铜色的脸长着个鹰勾鼻，给人非常英挺精悍的印象。他身高比燕横要矮了些，却大大咧咧地赤着上半身，展露一身纹理深刻的如钢条般的肌肉。双手前臂束着竹编的护甲，竹皮上还钉了薄薄一层铜片，单是这副装备，就显得地位突出于众贼之上。

孟七河走入寨来的步履甚快，却有一种异常稳实的感觉。他虽然筋骨结实，其实不算很壮硕，但每踏出一步，却仿佛呈现出超过体形的重量，好像身体里灌了铅一样。

燕横注意到孟七河的步伐，显示出非常坚实的下盘马步功夫，可知此人并非寻常的乡野武人，武功较这寨里众贼都高了一大截。

另有一名部下紧随着孟七河进来，不离他身后半尺。这名光头山贼比孟七河要高壮得多——孟七河的眼睛大概只到他胸口——肩上扛着一柄近五尺长的大单刀。他神色非常严肃，没有其他山贼拿着兵器时的那副耀武扬威，可知这口大刀并不是属于他自己。

却是为首领孟七河而抬。

燕横一见，猛地想起从前也曾经见过这样的阵仗：在西安，那位由弟子扛着大刀的"水中斩月"尹英川前辈。眼前孟七河这一柄大刀，虽比尹前辈的那柄小了一圈，但式样却有些相近。

燕横再细看孟七河步行的习惯，难怪似曾相识。

——他是正宗的八卦门人！

孟七河进来后，瞧也不瞧王守仁与燕横一眼，直走到那兽皮竹椅坐下来，抓抓乱发，揉了揉眼皮，伸个大大的懒腰，再接过手下递来烟杆子，点燃后深深抽了一口，仰天呼出一股白烟，这才跟王守仁第一次四目对视。

王守仁瞧着孟七河时，就跟先前在山坡看梁福通一样，展露出一张愤怒严厉的铁脸，就像眼前这个孟七河是令他极度憎恶的人物。燕横见了有些担心：

——王大人明明说来借兵，可他半点儿没有要请求别人的模样，反倒像来讨……这样真的行吗？……

之前梁福通好歹也唤一句"王县令"，孟七河则连称呼都没有，直接就说：

"你不是去了升官发财的么？怎么又跑回这穷乡僻壤来啦？还要到我这儿送死！"

孟七河劈头第一句就是"死"字，燕横大为紧张，几乎马上就要拔剑。但他想起跟王大人的约定，不到万不得已还是别妄自出手，也就强忍着不发。

王守仁未因孟七河的话动摇分毫，只冷静地回一句：

"好不要脸的家伙。"

"你说什么？"孟七河一听，乱发都好像竖了起来，身子离开椅背，双手紧握着竹竿造的椅把，怒瞪双眼。

围在四周的山贼也都群起喝骂，"放什么狗屁？"、"当个豆大的官，以为自己很了不起？"、"敢侮辱我们头领，看我不把你砍了！"一时寨里人声鼎沸。

"住口！这儿轮不到你们说话！"

王守仁朝四面怒喝，那猛烈的气势，竟真的把大干亡命之徒的声音都压了下去，没有人敢再骂。

站在他们眼前的，明明只是个年过四十，身体瘦得像竹的儒官，但那威仪却给人绝不想与他为敌的强大感觉。

王守仁继而再对孟七河厉声说，"我有说错吗？当天是谁答应了我，这一生都不会再做贼的？你说话算话吗？看你现在这副德性，这还不算不要脸？"

孟七河脸上一阵青一阵白，手掌用力捏着椅把，夹在指间的烟杆断掉了。但他半句也反驳不来。

两年前王守仁任庐陵县令，其中一大棘手的难题就是本地如毛的盗贼。王守仁先从根本处下手，助县民防治疫病和减少苛捐杂税，令当地村镇恢复了生计。庐陵的山贼马匪大多本是寻常农民，迫于生计才铤而走险，王守仁的政策一下子就让大半贼人放下刀子，重新拾起耕具来。然而还有几股比较凶悍的匪盗，已经习惯了草莽中的威风日子，不受招安而仍旧顽抗，其中一股正是孟七河领导的四十余众。

王守仁组织民兵保甲前往讨伐，他深知保甲虽人数众多，但论战力远不及贼匪强悍，正面交锋死伤必然惨烈，于是巧用声东击西之计，先诱孟七河带人出击，再另使一支主力偷袭他们收藏钱粮的地方。孟七河一众失去了粮食，再勇猛也敌不过饥饿，王守仁更一直紧迫，不让他们在逃窜间有再行劫掠的空闲，孟七河大半手下都抵不住投降，只余下他跟梁福通等几名亲信被困在山里头。

孟七河以为自己是贼首，先前又不肯受抚，王县令这次定然严惩不赦，以杀鸡儆猴；怎料王守仁竟放回其中一名被生擒的山贼，由他传话给孟七河：王县令仍愿意招安，他们只要弃械出山，答应从此当良民，既往不咎。

孟七河把自己跟手下的兵刃都用藤蔓束起来，背着下山徒步走向县城，向王守仁下拜投降。王守仁把他扶起之余，还从那束兵器里，抽出属于孟七河的这柄八卦门大单刀，交回他手中。

原来王守仁早就听说过，县城出身的孟七河自小习武，更是武林名门的传人，曾拜入抚州一家八卦门支系的拳馆苦学六年。

"你是个人才。"王守仁当时对孟七河说，"男儿生在世上，不可贪图一时快活，当寻个出路。就算不为光宗耀祖，也为了对得起自己。"

孟七河当场流泪叩头。王守仁又答应举荐他去应考武举，后来王守仁虽已离任，对此事还是念念不忘，命人把保荐的信函带到吉安府来。可是信函最后却没有交到孟七河手中。因为他已经再次上山落草去了。

此际重逢，王守仁的失望愤怒溢于言表。孟七河半句话不答，皆因他那天确曾向王守仁许下承诺。何况年前他被王守仁结结实实在战场上打败，这事情更不欲在众多手下面前重提。

王守仁环顾四周，冷哼一声又说，"你今天又比从前更势大了——我刚才所见，你手下的人，没一百也有八十吧？真威风呀。你这个贼头，当得很自豪吧？"

孟七河被王守仁数落得气血上涌，连呼吸也急促起来。这时他摸一摸颈项，上面戴着一条绳子，穿挂了一只又弯又长的虎牙。孟七河五指握着那虎牙项饰，闭上眼睛好一会儿，情绪方才稍稍平复。

"还有什么好说的？"孟七河压抑着心情淡淡地说，"我们为了吃一口饭，落草为寇，早就把祖宗都丢到身后了。你再说什么道理也是枉然。"

"吃饭？"王守仁又笑了，"对呢。我看你这寨子的破落模样，看来真的就只能填饱肚子，有一天过一天。豁出性命当了贼也只是如此，真够寒酸。"

王守仁左一句是"贼"，右一句也是"贼"，众人早就心头有气，这时听了这句，梁福通忍不住高声说，"你道我们想这般赖活的吗？要不是那——"他突然欲言又止。

"你是说波龙术王那伙妖人吧？"王守仁替他接下去。

一听见波龙术王，众山贼都脸色一沉。他们当中许多人都是因为波龙术王肆虐，弄至庐陵一带生计断绝，这才上山入伙；然而即使当了山贼，仍要避忌厉害的术王众横行，只能在边缘的穷村打劫或者勒收粮食，根本仅能糊口。

至于孟七河本人，则在波龙术王出现之前就已经落草作贼。原来王守仁离任后只几个月，县府里的贪官又重开各种苛征，不愿耕田的孟七河只能在县城里打打零工，经常有一顿没一顿的，还因为有前科而常受官爷们的气；有次农民想集合起来拒绝缴粮，县令徐洪德怕他这强人带头闹事，不问情由就将他抓到牢里关了三天。后来梁福通跟十几个旧部不停劝诱，孟七河再也忍耐不住，提起那柄八卦大刀，带着手下洗劫一批官粮，没等到武举乡试开科的试期，就再次上山去了。

孟七河虽不是因为波龙术王而当贼，但他知道术王众武功和毒药厉害，一直不敢招惹他们。他听见王守仁也知道术王的事情，不禁脸红耳热。

"你来这儿到底想要什么？"孟七河瞧着王守仁说。之前他已命手下仔细眺望视察麻陂岭山下四处，确定王守仁并没有带士兵来讨伐。

王守仁捋着长须，徐徐地说：

"我来，是要再给你们一次机会，**重新活得像个男人。**"

先前在坡道旁一直跟踪的那个戴头巾的精悍青年，一下子像只猿猴般跳出来，手上已经握着弯长的镰刀。

"你知不知道……"青年目中凶光四射，举起镰刀指向王守仁切齿说道"我们随时哪一刻都可以砍了你？"

"你可以试试。"王守仁回视这高瘦青年，目中充满挑战的意味。

这青年名叫唐拔，是孟七河手底下最勇猛矫捷的一人，每次打劫都是探路先锋，又负责山寨的警备巡戒。他自小在乡间就跟武师学艺，入伙后又得孟七河指点，习得不少八卦门的功法，这些年来打架都没有输过，已视孟七河等同兄长。

唐拔见头领连番受辱，早就暴怒，此刻听见王守仁如此说，更加按捺不住，不等孟七河命令，就跃前朝王守仁挥刀！

他只瞥见面前闪现一抹银光，手上传来一阵冲击——

止步定下神来，发现手里的镰刀已剩下半截！

除了孟七河，没有人看见事情怎样发生。

只能看见那钉在上方横梁的半截弯形断刃。

还有左手反握着"虎辟"的燕横，保护在王守仁身前。

唐拔的年纪与经验，都远比四川灌县那鬼刀陈要轻，面对燕横的超凡快剑，浑然没有感受到对方跟自己的巨大差距。初生之犊的他被怒气冲昏了头，仍架起只剩半截的镰刀，转往燕横冲杀过去！

"别杀他！"一招之间，孟七河已经看出燕横凌驾世俗的速度和力量，手上那柄宽刃短剑更非凡品，他却来不及制止唐拔送死，情急之下向燕横大呼。

"割掉他衣裳！"在燕横身后不足一尺的王守仁则同时高叫。

燕横听见王大人如此下令，心头愕然。

　　他从小苦练的青城派剑法都是以对决杀敌为目标，每战必赴全力，出手不容情，绝非用来玩这种把戏——就正如在西安"麟门客栈"时，荆大哥曾揶揄心意门人以掷酒杯显功力，根本不是武术。

　　但燕横早就答应把剑借给王大人。不管他要怎么用。

　　——就当是练练左手剑的准绳吧⋯⋯

　　他腕指一挥，已将"虎辟"在掌心中旋转，化为正握。

　　唐拔狠命把仍然尖利的断刃，往燕横面门刺去！

　　——但对于拥有"先天真力"反应速度的燕横而言，唐拔跟一个木头人偶差别不大。

　　燕横左手拳背向天，"虎辟"自右向左反手水平一挥，掠过唐拔胸颈之间，紧接顺着挥势，左前臂就把唐拔刺来的前臂格开。

　　这一挥剑，骤看似乎没有击中任何东西，但唐拔两边锁骨上都发出异声，原来"虎辟"剑尖已将他那副竹片胸甲的两条肩带削断，胸甲翻倒下来，悬在腰间！

　　唐拔还不知道发生了什么，燕横左手用剑柄末端勾住他握镰刀的右腕，划个半圈往下带去。燕横接着拍出右掌，封锁那手腕，左手剑则顺势向前一送，"虎辟"的剑刃已经贴在唐拔的右腰侧。

　　唐拔感觉短剑那冰凉的金属贴上了腰间皮肤，这刹那以为自己死定了。

燕横只要顺势拖一剑，将唐拔割个腹破肠流实在易如反掌。他却把剑刃一转，变成剑脊贴着唐拔的腰身，剑刃只朝下短短一削！

这一削，把唐拔用来缚胸甲的腰绳跟裤头带子，一起都割断了。

——看似无聊儿戏，但燕横这两剑，完全展现出毫厘不差的精准出手。

唐拔一身翻开的竹甲，跟下面那条缝补过无数次的破旧裤子，一同向地上掉落。

他出于本能，将手中断刃抛去，双手急急抓着裤子往上拉回去。

同时燕横早已退回原位，反手把"虎辟"还入身后剑鞘，又恢复两手空空自然站立的体势，仿佛什么都没有发生过。

这正是围观的那些山贼的感觉：完全看不清发生了什么事，只见燕横身影闪了两闪，唐拔的上下衣衫，就统统像被剥皮般掉了下来。

孟七河本已站起来，伸手握住身旁的八卦大刀柄子，此刻见唐拔安然无恙，松了口气，也没有了出手的念头。

"我忘了向你介绍。"王守仁这时朝孟七河狡猾地一笑，"这位是青城派剑士，燕横燕少侠。"

众人皆惊讶得嘴巴塞得下拳头。

眼前这个一身受伤、看来异常狼狈的小子，竟就是名震天下的"巴蜀无双"青城派弟子！

　　没有人比孟七河更吃惊：一众江西吉安府的流贼，虽听过青城派的名字，但毕竟既非四川人，也不是武林人士，并不真正知道青城剑士的可怕；只有孟七河曾经从学于八卦门拳馆，早就从师长口中听说过许多逸闻，深知"九大门派·六山三门"里"六山"的隐世武者是如何厉害。

　　——王伯安这老狐狸……难怪这般大胆，只带一个人就上麻陂岭来……他怎么会跟青城派剑士结成同伴？听说他们都不轻易下山，而且这里可是江西啊……

　　——孟七河这一年多来都藏在山里，并没有听到青城派被武当歼灭的消息。

　　王守仁继续说，"燕少侠，还有另外几位侠士，都已经允诺拔刀相助，为庐陵百姓除去波龙术王那伙妖孽！"

　　此语一出，众贼又是一阵哄动。

　　"要杀那些怪物……行吗……"、"可是看他刚才的武功，说不定……"、"你没见他全身都是伤吗？这样的家伙，信不过……"、"假如真的把波龙术王打跑了我们就有好日子过了……"

　　孟七河伸出手掌，阻止众人交谈。

　　"姓王的。"他说，"你这次上来，是要我也带着这伙弟兄，加入你们去打波龙术王吧？"

　　王守仁点点头。

　　"这就是我说的机会。重新当个人。"王守仁先前的怒容已经消失，那凛然的神色里多了一些宽容，"只要你们答应加盟，一战功成之后，我王伯安保证，让你们再当良民，一如上一回，既往不咎。"

"你能保证？"孟七河冷笑。

"我如今官拜南京太仆寺少卿，乃正四品之职。这点小事大概还办得来。"

"那可真太感谢了。"孟七河放开刀柄，重新坐回椅上，脸上笑容却充满不屑，"可是啊王大人，请你四处看看我这些手下的脸色。你要我带他们去送死吗？为了什么？"

王守仁和燕横往四周一看，只见原本一直扬威耀武的这大伙山贼，一听见要他们去攻打波龙术王，马上鸦雀无声，每张脸都缺了血色。

"我不是这地方的人。燕少侠他们也不是。"王守仁说，"可是我们都一样把性命豁了出来。你们呢？全都是吉安府的子弟吧？这一仗，本来就该你们去打。要外面的人代替你们去冒险，不惭愧吗？"

听到王守仁这说话，唐拔、梁福通跟其中好些山贼都动容了。

孟七河收起笑容。王守仁的话同样震动了他的心弦。但同时他深知，号称武当弟子的术王一伙是如何恐怖。他是这麻陂岭山寨百人的领袖，也就是说一百条性命都握在他手里。他绝不愿为了一时冲动，而危害这些同生共死的兄弟。

"那么你们……是为了什么而打呢？"孟七河瞧着王守仁问。

"燕少侠，不如你来回答他吧。"王守仁却看看燕横。

王守仁一直吩咐燕横，在山里半句话也别说，燕横心中不无轻松，毕竟说话非他所长；怎料在这么关键的时刻，王大人又突然交给他发言，燕横的脸红透了，与刚才潇洒的击剑姿态，半点儿不搭调。

他张口结舌地瞧着王守仁，却看见对方鼓励的眼神。

——只要是从心里直说的话，定然有价值。

燕横吸一口气，挺起胸膛，朝孟七河说：

"是为了正义。还有良知。"

燕横一出口，山寨里立时哄堂大笑。

孟七河也失笑捧腹。

"那么你们又何苦来找我？我先前不就说过了？我们当贼的，早就连祖宗都丢了，什么礼义廉耻也统统忘掉！你们还来跟我们说什么'良知'？王大人，你是不是书读得太多，读疯了？"

王守仁却对四周的笑声充耳不闻，只是朗声说，"不。我相信你们还有良知。"

他伸手指向唐拔的腰身。唐拔仍然紧紧提着裤头不放。

"看。那就是你们的良知所在。"

讥笑声顿时止住了。山贼一个个默然，无从反驳王守仁所说。

孟七河却跳出中央，将自己双臂的镶铜竹甲脱下，踢去一双草鞋，解开腰带将裤子褪下，一眨眼就将全身衣衫脱得精光，坦露出那没有一丝赘肉的裸体。

孟七河摊开双臂，无半点愧色地面对王守仁和燕横，脸上满是不服气的表情，像挑战般问，"这又如何？"

"把那个也脱掉。"王守仁直指孟七河的颈项。

孟七河脸色变了。他伸手抓着那虎牙项绳，但久久无法把它扯下来。

这虎牙是他十五岁时，当猎户的父亲送给他的信物。全靠卖掉了那块虎皮，孟七河才有钱远渡去东北面的抚州城学艺，改变了他的一生。

"小七，打死这头老虎，已经是我此生人最自豪的事情。"父亲把项绳挂上孟七河颈项时这样说，"可是你不同。你还可以干更大的事。"

孟七河躲开了直视他的眼睛，没能再跟王守仁对视。

——就好像王守仁变成了他已过世的父亲。

梁福通看见首领气势消失了，心中不忍，上前取下椅子上那块兽皮，披到孟七河的肩上。

"我等你。"

王守仁说完这句，就转身朝大门走去。燕横也戒备着跟随。

两人出了大门，再走向外头用竹搭建的围墙闸口。他们在空地上，沿途无人拦阻，山贼们只是默默目送这两条带剑的背影。

出了闸门外，他们解开拴在树上的缰绳，牵着马儿朝下山的路走去。沿途燕横一直在想：那孟七河属八卦门，总算是"九大门派"的名门子弟，怎么竟会沦为贼寇？

　　——他不知道的是：孟七河拜入的八卦门抚州支系，本身是从浙江的旁支传来，至江西已相隔了好几代，与徽州八卦门总馆已经无甚关系；即便学成后出外谋生，也没有名门的人脉帮助，虽然武艺还是正宗，出路却差得远了。

　　"王大人……"燕横迟疑地问，"你真的相信他吗？"

　　王守仁稍一回头，看看已半隐在树林中的那竹围与草棚。他苦笑。

　　"我们没有其他办法了吧？"

　　燕横搔搔头，"也对……"

　　"可是这还不是最重要的。"王守仁的眼神收起了苦涩，代之以热切的光芒。

　　"我希望相信他。"

第四章　学剑

童静沉默地蹲在街道前，拿着一根树枝，于沙土地上不知正在画什么，突然发现有个阴影从头后方投下来。

她慌忙把沙上画的东西一手抹去，吃惊地站起来转身，看见出现在身后的正是练飞虹。

"你偷看什么？"童静红着脸，急急又伸脚往沙土上再抹了几抹，恼怒地怪叫。

"不就是看你在干什么。"练飞虹嬉皮笑脸地说。他身上到处都包裹着被波龙术王武当剑法所伤的创口，但脸上轻松的神情浑然未被伤疲影响。飞虹先生虽年迈，但毕竟也有日夕苦练数十年的体能功力，经过一个早上的休息，已经重新恢复精神。

练飞虹指一指那乱成一堆的沙地，"我看见你好像在写字。写些什么？"

"要你管！"童静把树枝折断抛掉，叉着腰怒瞪飞虹先生，视线却落在他那层层包裹的右臂上。一想到他这两天展示的崆峒派超群绝艺，还有他为救护无辜而受此重创，童静就无法再恼下去，眼神迅即软化。

她拍拍手上的泥尘，把住腰间的"静物剑"，迈步走在庐陵县城的大街上，要去察看巡视四处有何异状。

练飞虹戴上斗笠，左手拄着四尺鞭杆，也跟着童静走。

"你有看见薛九牛那小子吗？"

童静摇摇头，"不知跑到哪儿去了。"

从前她这般被练飞虹亦步亦趋，总是很不快；可是现在荆大哥未回来，燕横又跟着王大人出城去办事，童静感到颇是寂寞，有个同伴在身旁还是比较好。

——特别是燕横，他一走了，她就觉得心里有点不自在……

他们沿途遇见几群县民，他们都在按着王守仁的吩咐干活：有的忙于把仓库或大屋的窗户侧门用木板或家具封死，当成给妇孺和老人避难之地；有的正在收集竹竿，一根根地削尖成枪；有的把什么可用的武器也都搬出来，哪怕是几代前打过仗、已经长满锈的刀枪甲器，还是家里日用的斧头柴刀。

昨夜一战，庐陵县民很是振奋——他们从没想过，世上有人能把波龙术王本尊打得夹着尾巴逃跑——但同时也知道这等于正式开战。

波龙术王走前留下的屠城预告，王守仁和练飞虹他们都没有告诉县民，以免造成恐慌，可是县民也都明白眼下形势。一如荆裂所说，他们要有赌上性命的觉悟。

不少人看见昨夜那三十几具尸体之后，就索性收拾仅有的财物，带着家眷，天一亮就逃离了庐陵。

逃跑其实也不一定平安——外头郊道上随时有游弋的术王众马队出现，荒野里也有其他贼匪肆虐。但他们宁可冒险，"总胜过在城里等死！给别的山贼杀掉还好；给术王杀的人，死后也得当他们的'幽奴'！"

邻里曾经苦劝这些人留下来，"到了外地你们要怎么吃饭？"可是他们反驳，"全家当叫化子——不，就算连子孙都是叫化子，至少也活着！"

结果本来已经减少了许多的县城人家，一个早上又走了三成以上。

但还是有人留下来。

他们遇见童静和练飞虹，都停下手上的工作，恭敬地朝两人行礼，害得童静很不好意思地叫他们继续干活。

这些留下来的县民，都被王守仁和五位武者唤醒了。尤其看见燕横、虎玲兰和练飞虹昨夜所受的创伤。

——面对暴虐，为什么挺身保护我们家园的，是这些不相干的人？为什么不是我们自己？瞧瞧这些侠士的血。难道我们的血，比他们的还要贵重吗？

童静走着，观看县民在努力修整城门，他们还自发地唱起歌来，激励士气。

"他们……行吗？"童静忧心地问。

练飞虹沉默一轮，最后还是摇摇头。

庐陵县民虽然多，但不少是没有战斗力的童叟；青壮跑掉了许多，能打的不是太年轻就是太老。就算连妇人都上阵去，战力也是不够。相比如饿狼般的术王众，县民就如一群羊。

——术王弟子一般虽不是高手，但有奇诡的暗器和毒药相助，更重要是杀惯了人。而昨夜来袭的波龙术王、霍瑶花这等头领，更加是狼中之狼。

"即使杀得光术王弟子，也很可能是惨胜，令这县城从此荒废……"

童静知道练飞虹在这种事情上从不开玩笑，她忧虑地沉默下来。

——那么只能靠王大人带回来奇迹……

二人走到南面的城门附近，远远瞧见城墙顶上有一个身影。

那是岛津虎玲兰。她坐在城墙的一个石垛上，面朝着城外，支起了一边腿，把长长的野太刀抱在怀中，好像是靠着它支撑上半身。

童静看不清楚，兰姐到底是坐在那儿睡着了，还是在监视敌人来犯。

虎玲兰那阳光下红衣灿烂的背影很是美丽。童静出神地看着她好一会儿后，不知是在对自己还是对练飞虹叹息说：

"假如我也有她那么强就好了。"

练飞虹听了，心里虽对童静有这样的目标而暗喜，嘴巴却说，"真正要成为高手的人，不会成天把'假如……就好了'这种说话挂在嘴边。"

童静本想抗议，但却没作声。一来练飞虹所言确实如此；二来她心里有事情想求他。

"你的崆峒派武功……很厉害吧？"她说时没有看着他。

"当然。"飞虹先生取下斗笠。夏风吹动他飘飘的白须，神情傲然，对自己毫无怀疑。

——本身很强的人，假如还要否认，那就是矫饰了。

"你的崆峒剑法，比青城派剑法更强吗？"

练飞虹微笑，"这个我无法回答你。"

"你又不认真了……"

"不是的。"练飞虹眼睛里散射出一股狂热来，"不错，世上确实有的武功，比别的武功更强更厉害。什么'门派不分高低'，简直是狗屁废话！要是这样，世上又怎会有门派存在呢？'门派'这东西，说穿了就是一套套比别人更强的打架方法呀！"

"可是当武功精研到某个层次之上后，那就不是靠你练哪种武功去争夺胜利了。因为到了那个境地，不同门派的武功剑法，差距已经很小。到时候胜负的分野就要看'人'。每个人的天分和努力。还有运气。"

"运气？"

"世上没有什么不讲运气的。比如说燕横那小子，他学的正好就是跟他单纯心性很切合的青城剑法。假如他很不巧生在平凉，拜入我崆峒派，我想他的武功造诣连现在的一半也没有。那是他的幸运。"练飞虹想了想，又说，"也是青城派的幸运。"

童静听到这儿不禁回想：自己在成都遇上燕横，并因此再结识其他几个同伴，学到这等名门大派的顶尖武艺；继而去了西安，得以目睹武当掌门姚莲舟的惊人绝学，又罕有地跟武当精英高手交锋……这些全部都是不得了的际遇。

童静沉思良久，然后垂头朝着地上说，"你……可以教我……你的剑法吗？"

练飞虹兴奋得想要手舞足蹈跳起来。但他跟童静相处好一段日子，已经知道她的脾性，于是强自压抑着狂喜的心情，故意淡然地问，"为什么呢？"

"什么'为什么'？你不是一直很想把武功教给我的吗？"童静急得跺脚。

"我是问：为什么现在要我教你？"

童静的手指在"静物剑"那乌沉剑柄上来回抚过，低头想了一会儿，这才回答：

"看着你们几个，都为了保卫庐陵受伤流血，我觉得自己很没用。眼下强敌随时会再来临，到时那些可怜的百姓，又不知道有多少个会牺牲！我是想，就算多练一天半天也好，也要给大家多添一点战力。"

童静话中自然流露着一股英气，练飞虹听着已忍不住咧齿而笑。他伸出左手，把腰间的崆峒掌门佩剑"奋狮剑"轻轻拔出鞘。

"我平时虽然右手用剑，但其实两只手都行——这是崆峒派'八大绝'的最基本要求。"练飞虹旋腕，舞起一丛剑花，从那浑圆自然的轨迹，可见他左手剑的灵活程度跟右手差不了多少。

这时他举举受伤的右臂又说，"你是用右手的吧？要你跟着我的左手去学，也许会有些困难……不过没办法了，我这只手恐怕没半个月以上不能再握剑。"

童静点点头，也将自己的"静物剑"拔了出来。

"既然难学，而且时候也不多，我就不教你复杂的招式……"练飞虹一边想一边说，"怎么办呢？……对了，应该教你一个心法剑诀，就算运用在最简单的招式里，也可以万试万灵，一用再用的……"

练飞虹来回踱了几步，精神完全陷入其中，不一会儿突然高叫一声"好！"，吓得附近的县民也都侧目。

"就教你这个！"练飞虹跃开两尺，擎剑指向童静。

童静正不知就里，突然看见练飞虹身体移动，长剑蓄势爆发，直指自己的眉心，她急忙横剑上举去挡架！

可是练飞虹这深具气势的一剑并未真的发出来，只是剑尖轻微一动；他推迟了半拍之后，却又再次发招，这次来真的，剑刃犹如长虹，以最简单的直刺射出！

这刺剑练飞虹并未贯以真劲，其实不是特别快，但是吃准了童静横剑防守的拍子空隙，她才举起剑身，也未完成防御的动作，他的刺剑就到了，先前虚招制造的时机恰到好处，童静哪来得及变招，"奋狮剑"的尖锋已停在她胸前三寸之处。

练飞虹使这剑明明未尽全力，童静不忿，高呼："再来！"

就算童静不说，练飞虹已经准备好再给她看一次。他还是原样照搬地把剑指向童静眉心，施以一记佯攻。

童静心里明知这第一剑必是虚招，但练飞虹那假装出剑的姿势和动作实在是太逼真，更散发着一股似乎确实要全力全速刺剑的气势，童静压抑不住身体的自然反应，又再架起剑去挡。然后练飞虹那延迟了半拍的一刺，也再次精准地探到她心胸前。

"这是崆峒派的'花法'之一，剑诀名字叫'半手一心'。"练飞虹解释，"所谓'花法'，说穿了就是虚招——骗人的技巧。"

他再次作势去刺，但这一回动作非常慢，让童静看清楚，"要成功使出这'半手一心'，不外是两大要诀：一是佯击要像样，要真把将要出手的气势贯注下去，对方才会受骗去防备；二是接着的真正击刺，得准确地掌握那微妙的半拍，太早的话人家的防守招式还没有发出，仍有变招的余地，太迟则他那守招已完成，可以再接第二式了。这'半手一心'说来虽简单，但要是练得精深，就算面对最强的高手也用得上！"

"眼下你当然没有时间深研，但只要学得够纯熟，再加上你天生就具有掌握微细时机的才能，单这一招就足以横扫一般寻常武人——比如那群术王弟子。怎么样？要学吗？"

童静听明白了这"半手一心"的要旨，跟她在西安时模仿过的"武当形剑"截击之道有点异曲同工，分别只在于"半手一心"更加主动去制造时机。童静跃跃欲试，连忙朝练飞虹点头，突然却又说，"可是我……"

"知道了。"练飞虹打个哈欠，"你不会叫我师父，是吧？这句话，我早就听厌了。别浪费光阴，开始吧！"

✕

　　三十几名术王弟子急步越过了"因果桥"，返回那满布红漆符咒的"清莲禅寺"门前。

　　他们当中八个人拱抬着一个用树枝扎成、上面铺满几件五色杂布袍的担架，其他人等则在前后左右严密地保卫着。

　　一人躺在那担架之上，正是霍瑶花。只见她浑身乏力软塌塌地躺着，长长的媚目出神地仰视晴朗的天空。她一只右手放在胸口上，五指仍紧紧握着荆裂的小刀。那柄大锯刀则由跟在后头的一名术王弟子捧着。

　　这伙术王弟子在山脚搜捕荆裂时遇上霍瑶花，当时看见她神色迷糊，独自走在林间小路上，一身贴身的夜行黑衣沾满泥巴，满身是昨夜所受的刀伤，步履左摇右摆，似乎无法完全控制自己的身体。

　　术王众从未见过这女魔头沦落到这等狼狈模样，很是惊讶。就连梅心树见了也大感意外：在师兄波龙术王所收的三个"护旗"里，唯有这个楚狼派出身的女刀客最让梅心树看重，并且看出霍瑶花近年武功进步甚大。他虽然曾经是武当"兵鸦道"高手，但他也没有打败她的十足把握。

　　——假如梅心树知道，昨夜击退霍瑶花的是另一个女人，必然更加惊讶。

　　霍瑶花昨晚跟波龙术王一同夜袭庐陵，却竟落得如此情状。梅心树不禁对师兄忧虑起来。这是前所未有的事情。

——一个能够位列武当山"首蛇道"精锐之最"褐蛇"的男人，从不用别人为他忧虑。

可是见过昨晚入侵"清莲寺"的荆裂后，梅心树就不敢太肯定了。这次敌人的实力，远超他们过去任何一次遇到的。

——这般高手，江西一省里不可能有……到底是从哪儿冒出来的？

梅心树更下定决心，不能轻易放过荆裂。他只分出一支小队护送霍瑶花回大本营，自己则带人继续搜捕那家伙。

霍瑶花的身体虽摇摇欲坠，没有一个术王弟子有胆量去扶她——过去就曾有两人，因为摸了她一下而被砍掉了手掌。他们只好扎成这个像睡床的树枝担架，等霍瑶花累了自己睡上去，然后才抬着她起行。

在架子上休息了一会儿后，霍瑶花半途就醒过来。意识虽然还带点模糊，但比先前恢复了不少。

她呆呆看着一摇一晃的天空，满脑子却都是不久前的回忆。

那强壮的怀抱；浓浓的男人气味；肌肤的热力；仿佛会跃动的刺青……霍瑶花的脑中被这些鲜活的感官记忆充塞着，挥之不去，还感到身体有一股让人酥软的暖流。

她不自觉地就把那柄狩猎小刀贴在心胸前。

术王众将"清莲寺"大门推开，诚惶诚恐地把霍瑶花抬进去，匆匆走过前庭，再进了佛堂。

一入佛堂，当先的术王弟子吓得呆住了。其中一人更是顿时失禁。

只见身材高瘦的波龙术王已然回来，盘膝高坐在那无头佛像跟前，仍然穿着一身夜行黑衣，却通体都是血污——有的是昨夜入城屠杀时所染，有的却是刚溅上不久，正沿着他长长的下巴滴落。

——血污也把他头侧和大腿所受的割伤遮掩了。

波龙术王右手支着出了鞘的银白武当长剑，左手抱着昨晚被荆裂砍下来的那枚"人犬"头颅，身体定定得一动不动，鸽蛋般大的眼睛俯视进来的弟子，形貌恍如一尊令众生惊恐的魔神。

术王众又看见佛堂地上倒着三具尸体，皆是梅心树下令留守"清莲寺"的弟子，全都刚刚死去不久。

——三人皆是波龙术王亲手所杀。一是为了宣泄从县城逃走的不快；二是他感到昨夜诸事不顺，神明不肯保佑，于是杀人献祭。

波龙术王伸出奇长的五指，扫抚"人犬"头颅上的毛发。

"我看见……外面停着尸体。死了不少人呢。是怎么回事？"

"回术王猊下……昨夜有个探子潜进来，被梅护法发现，赶得对方堕下山崖……梅护法还在山下搜捕。"

"一个人。"波龙术王的表情似笑非笑，似怒非怒，"就杀伤你们十几人……还包括我这头珍贵的'人犬'……"

术王弟子脸色青白。但他们知道对术王说谎，后果将更严重。

"还有山脚登龙村，死了十几个留守的兄弟……另外有三个负责山路哨戒的弟子也不见了……"

一记奇怪的异响。

波龙术王的左掌包着那"人犬"头颅运劲，头骨在指头下发出裂音。

"那你们又回来干嘛？"波龙术王原本很动听的声音，此刻因为喉咙收紧而变尖了，听得出他压抑着极盛的怒气。

术王众慌忙将那担架抬进来。

波龙术王看见受伤躺卧、神色迷惘的霍瑶花，又再回想起夜袭失败的耻辱。

他掌下的头颅在微微颤抖，让人错觉那"人犬"正短暂地复活过来。

波龙术王本想马上就组织部众，派师弟梅心树或者三名"护旗"带兵去攻打庐陵城，怎料他们一个都不在，唯一回来的霍瑶花竟又变成这等模样；得知折损了不少部众，术王的眼睛更愤怒得充血。

术王众感觉到，首领又要再杀人泄愤了。但他们没有一人敢动一动双脚。谁都知道术王具有武当派的顶尖轻功，再加上那身高腿长，他们就算每人多生两条腿，也不可能逃得了。

可是波龙术王的眼神慢慢收回。

——要冷静……已经死伤太多，不能再减少部下了……

他嘴唇蠕动，无声地吟诵咒语。心脏的跳动渐渐缓慢下来了。掌底的人头也不再颤动。

已快过午。但鄂儿罕和韩思道仍没有回来。波龙术王很清楚这两人的脾性，知道他们为了避免再跟县城的高手碰头，必定绕远路去找"幽奴"，迟了回来也不奇怪。

——可是实在有太多不顺利的事情接连发生，就连一向蔑视苍生的波龙术王，也不得不疑虑起来。

他从佛座上跳了下来，走到霍瑶花身边，俯身摸摸她的头发。

怎料霍瑶花竟把脸转过去缩开，还挥出握着小刀的手，把术王的大手掌拨去。

波龙术王从未受她如此拂逆，面目瞬间如怒兽，反手一巴掌就朝霍瑶花的脸掴了下去！

霍瑶花右边脸顿时肿起，雪白的肌肤上多了四道犹如鞭打的赤红印记，嘴角流出血来。

她却还是眼神呆滞，瞧着佛堂顶上绘画的莲花。

波龙术王愣住。霍瑶花一向对他顺服如猫，怎么竟有这样的反应？他检视她的头颅侧，发现那儿有一片头发被血痂结住，摸下去高高肿起，显然是受了撞击。

波龙术王在自己身上衣服的口袋里翻找，寻出一个小铁盒子，打开来是一排短小的纸卷。他抽了一根来点燃了，放在嘴巴里深深吸了一口，再俯下脸庞，贴近霍瑶花的口鼻，轻轻吐出那燃烧草药的烟雾。

霍瑶花吸进了烟，辛苦地咳嗽好一阵子，脸上才显得放松些，闭上眼睛似要入睡。

"这是什么……"波龙术王留意到霍瑶花手里握着的那把不明来历的小刀。他先前从没见过她用这兵刃，刀子的形状更不似中土之物。

如今也无法分心去管这等小事了。他抚摸霍瑶花额头，检视她的状况，看来短时间内她也不可能再站起来战斗。

正要发兵攻击时，身边却连一个大将都没有，波龙术王甚是懊恼。

当然他随时都可以亲自带兵去攻击县城。但想到昨夜站在大屋外那七条带剑的黑影，他就不想冒这个险。

从前在武当山接受"首蛇道"的训练，其中一个铁则就是：永远不要把自己置于没有退路的境地里。这教导一直铭刻他心中。

波龙术王忧虑：要是那七个人，都具有跟燕横和练飞虹相近的实力，自己可真的会吃不了兜着走。因此他宁可先派亲信或师弟梅心树去领军，试探出敌方真正有多少名高手，自己则从旁估量到底要进还是要退。

——既疯狂，也计算。这是波龙术王能够聚结如此势力为自己卖命的原因。

"把死尸收拾一下。"波龙术王下令。他一旦冷静下来，面容又恢复深不可测的模样。他扶起一张椅子坐下，轻轻为自己斟满一杯酒，一边浅酌，一边等待着梅师弟、鄂儿罕和韩思道三人回来。

等力量完全集结，就要展开屠杀之旅。

——他却并不知道：他等待的这三个人里，有两个已经永远回不来了。

在所有对抗性的运动竞技里，包括足球、篮球、排球等，假动作都是最基本而常用的对策。武术当然也不例外，通常都是以虚招伴动的方式呈现。

虚招顾名思义，是以一个似真实假的攻防动作，诱骗对手做出错误的反应，或者短暂陷入迷惑，从而制造出可乘的空隙，并施以真正的攻击。

虚招的作用有两方面，分别是肢体上和心理上的。肢体上的，就是指用虚招诱使对手做出某个错误的动作反应（不论攻击或防守），当对方已经完全投入这个动作，无法半途收回时，身体自然暴露可供袭击的虚位。最简单的例子比如，向对方上路面门伴作挥拳，引诱对手高举双臂抵挡，其中、下路就变成不设防。

心理上的作用则包括了扰乱敌人的节奏拍子。因为虚招不是一个真正的攻防动作，它所耗费的时间比真实招式少，而且因为没有投入劲力，随时可以半途变招，因此就能够造成所谓"半拍"的效果——"楔入"对方动作的拍子之间，令对方陷于错乱，无法做出正确反应。这种现象其实在我们日常生活中都经常遇到，例如在街上两个人迎面走上，往往出现大家连续两三次互相闪避，结果却变成互相阻挡，这就是彼此都"楔入"了对方的拍子造成的现象。

当然以上只是解释了最简单的虚招用法。真正的虚招好手，其策略往往更加复杂，一个攻势里包含了复数和多层的欺骗。虚招也不一定是攻击或防御，有时一个故意的停顿、假装呆滞甚至无意义的奇怪动作，同样可以达到效果。武道高手，许多时候也是诈骗的高手。

但要注意的是，虚招也不一定是越高深复杂越好，因为骗敌乃是一种心理互动，要看对手是否适合。有时太高明的虚招，对着武功低的敌人，可能全无作用，因为他根本看不见或者没有反应，反而很粗疏的佯动又能让他上当。评估对手技能高低并施以最正确的战法，又是武道上另一层学问。

第五章　舍身刀

荆裂把脸完全泡在水里，好一阵子才抬起来，扬起一头湿透的辫发，长长地吁出一口气。

呼吸了好几回之后，他又把嘴巴凑下去，尽情地再喝几口溪水，然后才满足地坐在岸边。

在荆裂身旁只有数尺之处，另一条身影也把头伸往小溪喝水，是他骑来的马儿。

"哈哈……"荆裂侧头看看，"你也渴了吧？……"

荆裂从昨夜到现在，没喝水其实才不过大半天，但那毒药却令他渴得异常厉害，仿佛滴水未进已经三四天，喉咙里像被刀割一样。因此荆裂一看见这条溪流，还是忍不住要停下来，也顾不得后头还有敌人在搜捕自己。

经过一轮激烈的策骑后，荆裂出了很多汗，帮助他把身体内的余毒发散出来；再经这冷水洗涤身心，他此刻已经完全清醒，那股好像害伤寒病似的忽冷忽热感觉也都消失了。看来那箭毒终于已完全克服，荆裂松了一口气。

此时他才有空去回想这匹马的主人。跟那个女武者相遇，其实不过是大半个时辰前的事情，荆裂的记忆却很模糊。只有跟她相拥那一瞬的身体感觉，最是深刻。

——为什么会这样？……她也是……

他很清楚地知道，那温存的感觉并不是幻想。在那个短暂的时刻，他们确实曾经通过身体，生成一股很奇异的交流。

这种感觉，就像他跟虎玲兰激烈练习刀法时的心情一样。一想到此，荆裂不禁心跳起来。

他又再看看那匹马。确是荆裂骑过的少有的良驹。霍瑶花的坐骑，乃是术王众近百匹劫得的马儿里精挑的。

从这匹马，还有那等武功与佩刀，荆裂此刻已然猜知，霍瑶花是波龙术王的座下头目——也就是目前的死敌。

荆裂心里不禁喟叹。非到必要时，他绝不想跟女子交手——不是因为他小看女人的能耐，而是要他全心全意地朝一个女人挥刀斩杀，始终是一件很难受的事。这跟与虎玲兰平日练刀比试完全不一样。

仗着这匹快马，荆裂知道敌人大概不容易追击到这儿来，因此才敢歇息。可是这儿距离庐陵县城还远，他知道自己还不安全，一喝够了水也就马上准备起行。

荆裂站起来，再次检查身上的伤。腰间那刀伤已经止血，现在传来一股接一股火烧似的痛楚，可还不算碍事；手腿关节的挫伤却没有半点缓减的迹象，荆裂拉起裤腿，看见右膝盖已经肿胀得比平时大了一圈，关节无法完全伸直或屈曲，左边肩头也是酸软得提不起手臂来。先前他骑马只能单靠一只右手握缰，马儿每跑一步，他都感到肩关节像被锤子击打了一下。

荆裂不禁开始担心：正在关键的时候却伤成这副模样，接下来的仗还要怎么打？……

但这要等活下来以后再说。

他跛着腿去牵马儿，忽然感到一丝异样。

荆裂长年在南蛮丛林与海岛练就的敏锐直觉，此时又向他响起警号。

他二话不说，一手抓着马鞍，单足发力，一跃就翻上了马背，叱喝着急催马儿渡溪奔行。

几乎同时，他听见了别人的马蹄声。

来自后面远处的林子里。

——追兵！

荆裂提起腰臀，身体俯伏向前，驱策马儿加速。四蹄在浅溪上炸起激烈的水花。

正走在浅溪中央之际，后方有三骑成"品"字形，从那林间猛然冲出来！

当先一骑上面，正是一身黑衣、满脸伤疤的梅心树。彻夜未眠的他仍精气十足，人马冲杀而来之势犹如饿虎。他只用左手控缰，右手提着绕成一小圈的铁链飞刃，在阳光下闪射着金属的光芒。

在他后面左右，各有一骑身穿五色彩衣的术王弟子紧紧跟随，同样都已把长近四尺的宽刃砍刀拔出皮鞘，准备马战砍杀。

——荆裂骑着霍瑶花的马，脚程确实甚快，梅心树要全速追他，已顾不得大部分的术王部众。结果参与追捕的数十人里，就只有这两骑好手能够跟上来。

——但是对着一个受了重伤、兵刃全失、饥疲交迫的荆裂，三人已经足够！

三骑驰过浅溪。宁静的山野顿化为杀气奔腾的猎场。

荆裂手脚不便，人与马儿的协调不免有些影响；梅心树则势猛力雄，在这短途爆发的追逐下，两匹马的距离渐渐拉近。

他们追逐到一片空旷野地之上，淡黄色的沙雾扬起阵阵烟尘。这时正刮着西风，四匹马都迎逆风而行，对体力大耗的荆裂就更不利。

荆裂专心策骑，尽力与马儿的跑动契合，希望能保持速度。他此刻只能寄望，这匹马拥有比对手更强的持久后劲，挺过这一段之后就能再次拉开……

可是却听见后方传来奇特的呼啸声。

只见梅心树仍保持着冲刺的骑姿，右手却已挥起铁链，在头顶上方旋转蓄劲。他腿下马儿没有因此减慢半分，仍紧紧跟在荆裂的马后。

——一看即知，梅心树与这坐骑，早就曾经练习过这种马战招术。

　　荆裂以眼角瞥见梅心树的动作，已然心知不妙，连忙拨马往右斜走闪避！

　　梅心树的铁链脱手。

　　这铁链经过转圈蓄劲，加上梅心树挥出的强劲臂力与骑马奔跑的惯性，前端的兽牙状弯刃满带能量，向前迅疾飞射！

　　——这样的骑马飞刃攻击，要是以停在地上的人体为目标，绝对具有穿透骨头的杀伤力！

　　荆裂的马儿已是非常矫捷，在全速急奔中还能横移。可是梅心树的铁链实在太猛，荆裂虽然避过了这袭向他背项的攻击，但那弯刃顺势坠落，还是打中了马儿的左后腿！

　　马腿经受不起这飞刃攻击而倒折，马儿朝左猛地倾翻，荆裂的身体被颠离了马鞍，向左前方空中飞出去！

　　荆裂左肋被岩石撞伤了，腰间也中了一刀，再加上左肩重伤，整个左上半身都经受不起撞击；他人在空中，自然反应是要顺势翻身，改用右边身子着地，好保护这些伤处。

　　但他半途改变了念头。

　　——要是着地时连右臂也挫伤，再无任何反击之力，那就真的完了！

最后他还是强压着身体的本能，勉力缩起左臂，承受那落地的冲击！

沙尘炸起。三处重伤同时猛袭来的剧痛，也如爆炸。要是一般人早就当场昏厥。

后面三骑因为追得太急，瞬间越过了落地的荆裂，方才收慢回过头来。

梅心树右手运劲一抖，那拖在地上的铁链就倒飞回去，他灵巧地伸手接住铁链，链子在他手腕绕了三圈才停下来，染满马血的弯刃垂在臂侧。这兵器听话得就如他身体的一部分。

荆裂用极大的意志，顺着落势滚成半跪姿态，右手吃力地撑着地，不让自己倒下。从散乱的辫发间，他双眼紧盯着三丈之外那三骑敌人。

因为那撞击的强烈痛楚余波，荆裂呼吸变得浅而急促，只能用上平日三四成的深度吸气。这又令他体力血气削弱，本来黝黑的脸庞显得苍白。

前所未遇的劣势。

但"放弃"这两个字，从来没有在荆裂心里出现过。一次也没有。

在梅心树眼中，这个伤得几乎连站也站不起来、身上没有任何兵器的男人，却仍然散发出一股野兽般的危险味道。梅心树那被伤疤半掩的眼睛，不禁透出敬佩之意。

——不能跟这样的家伙决斗，真可惜。

但这念头只在他脑海里飘过一阵子。梅心树随即提醒自己：自从离开武当山那一夜开始，你已经放弃了那种虚幻的追求了……

荆裂瞧着梅心树，眼里同样没有痛恨的神色：此人能死咬不放追捕他到这里，那意志能耐也实在叫他欣赏。

"你……"荆裂要再吸一口气，才能继续问，"是怎么找过来的？"

"你只能怪自己倒霉。"

梅心树说着，从马鞍侧的革囊里掏出一枚短箭，抛到地上去。

那正是术王众所用的毒袖箭，箭镞的锋口上有一丝很小的血渍。

它是梅心树的部下在青原山脚意外拾到的。梅心树看了，断定荆裂为它所伤。他深知淬在这箭上的"锁血杀"药性，中者若不毒发身亡，也会异常缺水干渴，因此他就赌上一赌，全速赶到最近的溪流去搜索，结果给他押中了，果然找到有人骑马逃离的蹄迹。

"不到最后，还不知道是谁倒霉呢。"

荆裂说着，展露出他一贯面对挑战时的笑容。

——这家伙还能笑！

梅心树见了也微笑起来。但这微笑不代表半丝的仁慈。

"砍了他。"

梅心树朝两名部下一挥手。

　　两个术王骑士早就等得急了，一得到梅护法的命令，立刻催马扬刀，往半跪着的荆裂冲杀过去！

　　因为先前县城鄂儿罕和韩思道败走一役，术王众失了近五十匹良马，余下能配给的马儿已经不多；这两名骑士或可跟得上梅心树的快马，自然缘于他们是术王弟子当中的顶尖好手。只见他们的骑术果然非常了得，在马鞍上挺身举刀，身姿平衡十分自然，马战甚为娴熟。

　　这两人里，右边那骑是个身材矮横、一脸胡须的黝黑汉子，骑在马上时全身都像贯满了能量；左边的骑士则细目锐利，身材比梅心树还要高壮，人在马鞍上举刀向天，高高的刀尖带来极大的威胁感。

　　他们都争着要取荆裂的头颅。这家伙敢孤身夜探"清莲寺"，一夜间杀了他们许多同伴，定然是敌方阵营里的重要人物，若诛杀得他，波龙术王必然重赏；昨天鄂儿罕和韩思道才犯了大错，术王要是高兴起来，甚至可能提拔功臣取代他们"护旗"之职。这激起了两名骑士争功之心。

　　两柄砍刀的宽厚银刃在阳光下闪耀，朝荆裂快速接近。

　　荆裂不再笑，专注地测算着与对方的距离，还有交接一刻的时机。

　　他的右掌紧抓在地。

　　右边那黝黑骑士先一步到来，砍刀已经举过头顶，将要乘着马匹的冲势挥下——

　　荆裂挥臂，往上撒出一大把泥沙！

那骑士突被不明物事迎面袭来，一时忙着闭目挥刀去挡——他昨夜已经目睹过荆裂在崖下朝上发出强劲的镖刀，暗器功夫令人忌惮，骑士不敢用身体去冒险，砍杀之势顿时崩溃。

荆裂一撒了沙就已朝右方翻滚，避开冲来的马儿。

后面那个高大骑士因为也急于砍杀荆裂，跟前面那骑贴得太近；荆裂滚到前一骑的右侧，就等于用它来挡住后面一骑，这骑士无法下手之余，还因前面那骑突然收慢，他也要狼狈勒马。两骑都没能出刀，就从荆裂身边奔过去了。

全因这两个骑士争功，没有好好配合攻击，给了荆裂从中脱出的机会，暂时避过第一轮攻击。

这一记翻滚闪避，也让荆裂乘机检测自己的身体状态：右臂和左腿的活动都正常有力；腰肋虽痛楚，但腰胯发力运劲还没有问题。

——我还能够战斗！

荆裂心里已经在快速盘算着，要怎样迎对下一浪的攻击。

他同时瞥一瞥梅心树。那黑衣男人的坐骑仍停在原地，似乎真的无意加入。荆裂心里一时还不知是什么原因。

他看着那已经回转马首的两名骑士。第二次攻势，两人必定不会再如此鲁莽，将互相配合着进击。

荆裂剩下的战法已不多了。要脱出困境，就得赌在这一次上。

两名术王骑士相视一眼，都知道眼前这家伙不容易对付。要是再拖延下去仍然砍不倒他，梅护法可能就不耐烦了。他要是出手，他们俩都将失去立大功的机会。

"平分吧。"那高大的骑士说。

另一人点头，"不管谁杀的，之后你我都在他身上再砍几刀。"

两人心意一决，即以刀背拍打马臀，这次分一前一后，相隔约三个马身的距离冲来！

——这种分隔距离之下，荆裂即使躲得过第一刀，第二刀马上就在他来不及重整时砍至！

梅心树倒是一副满怀兴致的表情，远远看着三人，很想知道这次荆裂又以什么方式挣扎求生。

荆裂见两骑起步杀来，马上用一条左腿，单脚向旁跳跃转移方位，动作颇是狼狈。

当先那名黝黑的胡须骑士不禁笑了：这家伙疯了吗？用一条腿去跳，就想逃避四条马腿冲过来？

他随着荆裂移动，调整马儿冲刺的方向，同时已经举起砍刀。他的高大同伴也在他左后方，同样做出预备斩杀的架势。

荆裂勉强站立着，膝盖受伤的右腿只能轻轻点地。

可是那姿势眼神，却半点不似被追杀的猎物。

算准了距离方位后，他突然把手伸向胸前，在那挂于颈项上的大串不同护身饰物里，抓住了一个小小的佛牌。这鎏金的五角状佛牌，是他在暹罗大城王国修行时，当地一位高僧所赠之物。

荆裂指头拿住佛牌，并非要祈求运气或安慰。**他从不仰赖神佛，只相信自己的力量。**

荆裂将金色佛牌往前一举，像要用它辟邪挡煞一样。

佛牌正好反射迎面的阳光，照到前头那骑士的眼睛里！

——他先前不断横跳移动，原来要寻找映射阳光的最佳方位！

荆裂这一招本来没有很大把握——要用这样细小的佛牌，把阳光准确映向对方的眼睛，对方还是全速乘马奔来的骑者，这本就非常困难，却幸而一击即中！

但这招并没能解除危机。那胡须骑士虽然闭上了眼，但之前出击的态势早成，他靠着瞬间记忆中的方位，依旧往荆裂的头颅那儿挥砍下去！

荆裂向左一跳，这次竟主动迎向那斩下的砍刀，顺势把右臂往上伸，指掌如虎爪，朝着那握刀的手腕划出去！

"空手入白刃"！

——武林中的"空手入白刃"功夫，常被人渲染为神技，其实是一种迫不得已时才使用的招式。要以徒手劫夺利刃，即使武功比对手高了许多级，也非常不易为，根本就是凶险之举。只有像武当"镇龟道"桂丹雷这样的奇人，拥有极度微妙的"太极拳"功力，才可能反将"空手入白刃"这种险招，化为自己的得意绝技。

现在的荆裂并无其他选择。他自己也深知这招成功不易，而且敌人刀子从马上砍来，速度快了一倍，得手的机会就更低。因此他才要用尽一切方法，去拼命提高成功的几率。

——包括借助阳光扰敌。

荆裂这"空手入白刃",揉合了南海虎尊派的"六基虎拿"和在毗舍耶诸岛所学的"生手法"④,极其精微。

就在刀锋临及荆裂手臂前的一刹那,他的虎爪尾指碰上了那骑士的手腕!

虎爪运个半圈向外拨开,将刀势卸到旁边,荆裂继而极敏锐地翻转指爪,拇、中、无名三指捏成圈状,擒住了那只手腕,朝上一提,腕关节屈折,那斩刀的劲力顿时断绝消失!

这短短瞬间,荆裂其实有两个选择。一是借这擒拿手臂的势道,翻身抢上对方马背,从后箍制着这名骑士,并且乘马再次逃走。

可是荆裂想到,这样做不过又回到最初的追逐状态,这名术王弟子的坐骑,比先前荆裂所骑霍瑶花的骏马还不如,结果还是不可能逃得出梅心树那可怕的铁链飞刃。

——要回去,就只能在这里决出胜负。

因此他选了第二招。

荆裂沉身、坐腿、转腰,带动右臂猛地拉动,把那胡须骑士从鞍旁扯了下来!

---

④毗舍耶(Visayas),即现在菲律宾中部宿雾等一系列群岛。当地武风甚盛,至今都是菲律宾刀棍术重镇,当地门派的兵器武术擅长贴身近战,特别精研运用空出另一手阻截擒拿对方武器之法,称此为"生手"(alive hand)。

随后的另一骑转眼已奔至，那名高大骑士眼见同伴被擒下，心想这功劳正好我来占了，将马稍拨向左，身体倾出马鞍右侧，举刀成水平，猛地横斩向全无防备的荆裂头颅！

千钧一发之际，荆裂扭转那被他所擒的腕关节，将其手上砍刀垂直指天，挡架在自己面前——

惨叫声和撞击声。

发出惨叫的是那被擒的胡须骑士。他的手腕在遭扭转关节的状态下，手中刀却要承受强烈的骑马斩击，筋骨顿时折断，刀柄也脱手了。

脱离掌握的刀子没能完全挡去那斩击的力量，刀背飞撞在荆裂额头，击得他仰倒滚去，那撞击声正是由此而来。

那高大骑士一斩之下又掠过去了。荆裂未因此庆幸，他虽被那刀背撞得眼前金星四冒，还是努力在沙地上挣扎着跪起来，四处去寻跌到地上的砍刀。

相反那名折了手腕的胡须骑士，仍然抱着受伤的手臂在嚎叫，完全忘记了危险的敌人仍在面前。

这种意志的差别，就是判断生死的关键。

荆裂在地上像条狗般猛爬。他不在乎有多难看。

重要的是，他的手掌先一步握在那砍刀的刀柄上。

梅心树和另一名骑士赫然发现这事，想要干预却再也来不及了。他们只能眼睁睁看着，荆裂一记左膝跪压在那术士弟子的胸口，紧接将刃尖狠狠向下刺去。

荆裂拖着染血的砍刀，用单膝之力再次站起来。

他额头上的鲜血直流过眉心，沿鼻子泻到嘴巴，回头瞧向梅心树，咧开染红的牙齿，又再露出刚才那笑容。

"我早说了。到底是谁倒霉，还不知道。"

梅心树这次不笑了。他那双骤看犹如未睡醒的眼睛，此刻目光冷冽如冰。

当他想要策马上前夹击时，那剩下的高大骑士却急呼，"梅护法！请再给我一次机会！"

这术王弟子叫着时已经跨下马背，把手中砍刀旋了几圈刀花，然后迈步缓缓向荆裂接近过去。

这人名叫孙逵，本来是大盗出身，自小也练过拳腿刀法，最初跟着霍瑶花在湘阳一带作案，后来随她加入了波龙术王麾下。正因当过马贼，才有这么好的骑术，刀法上也得霍瑶花指点，在术王众中实是第一线的好手，论实力其实跟韩思道相差不远。

孙逵眼见血流满面的荆裂，身子已是摇摇欲坠，实在不想放弃这立大功的良机，因此才这样向梅心树请求。

经过两次交锋，孙逵已经判断出来：荆裂因为右膝严重受伤，此刻只能用一条腿跳动，也就是每次都只能集中力量于一招之上；己方用一击即离的马战，反倒对他有利，只需要专注应付交手那一瞬间。

孙逵于是毅然下马，改用步战。

梅心树当然也观察出荆裂的情况来，又看见孙逵选择了正确的策略，心里很想看看结果如何，于是向孙逵点头同意，身姿再次放松下来，预备静观这第三次交锋。

荆裂眼见孙遗徒步接近，笑着说，"终于不用仰着头去看你了。"

——他虽还在谈笑，但其实心知不妙。孙遗的判断很正确：对方要是骑马，荆裂仍可以逸待劳，步战对他更为难打。

像孙遗这样的货色，换作平日，荆裂三数招之内就能了结他；但如今手脚不便，荆裂要是第一击不中，接着连站不站得稳都不知道，随时就陷入万劫不复的险地。

一要想办法。

孙遗一边前进，一边伸手从五色袍的口袋里掏出一颗"昭灵丹"来。他把丹丸伸到鼻前，指头运力将之捏碎，内里药粉散出，孙遗深深吸进了一口。

他这样用鼻子去吸"昭灵丹"，因为药粉飘散，分量远比口服的少，作用虽然较弱，但药效却更快出现。那药粉被鼻孔里的毛细血管吸收，迅速就刺激神志，只见他一双眼睛都透红，狞笑的表情恍如恶鬼。

荆裂并不知晓那是什么药，但肯定不是好东西。眼见孙遗渐渐接近的身影杀气更盛，他更焦急地要去想应对的方法。

可就在这时，荆裂的眼睛出现了笑意。

因为他看见了一些东西。

这时他正面朝东边。在那方向野地的尽头处，可见有一个影子，似在扬起烟尘。

是人。有人在向这边骑马接近。

“看见了吗？”荆裂眼睛仍不离正走近来的孙逵，却高声朝远处的梅心树叫着，“运气开始倒向我这边了！”

梅心树也发现那单骑驰来的细小孤影。从这距离还没能分辨是敌是友——东面也是术王众的搜索范围——但荆裂的语气却显得非常自信而肯定，梅心树不禁心里生疑：难道他真地看见了？……

——其实荆裂并不能确定，那赶来的孤影到底是不是同伴。他只是绝不放过任何一个能影响敌人心神的机会。

服了“昭灵丹”的孙逵则根本对此充耳不闻。这一刻他眼里就只有荆裂那颗结满辫子的首级。

对梅心树而言，目前最稳当的战术，本应该是由他亲自出手，快速了结荆裂，同时派孙逵去探查那远方来者的身份。然而现在的孙逵已经完全进入杀人的狂热状态，梅心树无法再叫得动他。

梅心树叹息一声，轻叱策马起步，朝那接近而来的单骑奔去。

孙逵已经到达荆裂跟前十五步的距离。

荆裂心神再次集中。挡在他生存之路前头的，此刻就只有这个人和这口刀。

——越过他的尸体。

荆裂已经再想不到任何增加胜算的奇策。

当没有策略时，你唯一还可以依靠的，就是你平日最信赖的东西。

对荆裂来说，他的人生从来也只有它。

武道。

——既然一击不中就会陷入危险，我就拼命令这第一击命中吧。

十二步了。孙遴双手斜举砍刀。他的身材本来就比荆裂高，这时的气势更像从山顶压下来。

荆裂全心感受着自己身上的每一块肌肉——包括仍然可用，或已经受伤不可用的，从中试图择出一条脉络，找出这副重伤身躯可能做出的最猛烈动作。

十步。

荆裂的脑袋飞快运转。十五年来学过的一切武功在心头一一闪现：南海虎尊派的"飞砣刀"；麻剌朗国的绵密快刀术；暹罗国武士的峻烈劈法；琉球人的刚猛发力功夫；萨摩国学到的简朴战场刀法与精妙阴流剑术……甚至是这么多年以来目睹的武当功夫、指点燕横时吸收到的青城剑技、戴魁所授的"心意三合刀"发劲门道、飞虹先生为了传艺给童静而教授他的崆峒武艺……

这许多武功，一一在荆裂脑海里交迭、累积、沉淀；同时又按着他目前肢体有限的活动力，削减去大量枝节，只余下可用又最有效果的动作。

——这样的武道思考方式，荆裂从小就在裴仕英师叔的指导下学会，但平日仍然需要花许多精力和时间，才可能将不同的东西淘汰或糅合；此刻在绝大的困境逼迫之下，他的脑筋仿佛比日常活跃加速了好多倍，潜能全开。

一记刀招，开始在心中成形。

九步。

荆裂的身体很自然地蹲得更低，居后的左膝如被压迫的弹簧般深深屈曲；上身完全前倾，背项高高弓起来；右臂自然地放松下垂，砍刀斜斜架在膝盖以下。

荆裂过去从来没有摆出过像这样的战斗架势。这甚至不能称为什么"架势"——他只是听任身体的呼唤，自然而然地摆出这般姿势。

同时在另一边，梅心树离那来骑更近。擅长遥距发射飞链的他，视力自然不凡，远远就看出来，那名骑者一身飘扬的衣袍，背后斜背着一件长东西，看来是兵刃。梅心树立刻放出绕在右腕的一段铁链，做出随时迎击的准备。

八步。孙遝开始加速向前奔跑，他的刀子以至整个身体架势，拔得更高。

迎着他蹲踞前倾的荆裂，仿佛把头伸出来给孙遝去砍一样。

"将你所学的东西，贯通为真正属于你自己的一套武技。"飞虹先生那天曾这样告诉荆裂，"这是跻身往更高境地的唯一法门。"

刀招在荆裂心里变得更清晰：身体每一寸要如何伸缩松紧；最佳的杀伤距离；刀锋出击的角度……一切细节，全部渐渐了然于胸。

余下的，就是等待出刀的时机。

然后把心灵放开。

将人生一切投进瞬间。

七步。

孙逖仍在奔前。刀锋将发未发。

——就是这个时候了。

荆裂屈沉的左腿爆发出力量。草鞋带着沙烟离地。

他的身体成水平向前弹射而出，却并非以右手刀居前刺杀，反而是用受伤的左边身子开路，整个人投向敌方。

荆裂这投身一跃，精神上"借相"于暴风猛卷的浪涛，身体如挟着潮势冲前！

孙逖突然察觉，荆裂竟然从如此远的距离发难，而且全身高速飞扑过来，他想也不想，提早就把蓄势已久的砍刀垂直劈下，要将荆裂在半空中斩成两半！

然而荆裂这记跳跃，不只包含向前方之力。

还有旋转。

他的躯体在空中转了半圈，像是失去平衡朝右跌下，还把背项完全暴露在敌人面前。

孙逖的砍刀越过头顶，将要斩落荆裂的后脑！

荆裂尽把飞跃、旋身、跌堕的三层力量结合，身体在空中又再转过来，砍刀以反手招式横斩而出！

浪卷。

孙逖看不见那刀光。

——当刀招太快的时候，就连刀光都隐没在速度里！

孙逖劈下的刀只能再前进四寸。

荆裂的砍刀以完美的角度,斩断了孙迭的一双前臂!

荆裂毕竟体力大大减弱,这危急中想出的新刀招也未成熟,舍身一斩命中时的冲击力比他预期的还要大,手掌无法抵受而脱离了刀柄。

他只有一条腿用力,并且都已全盘贯注于那一击中,根本完全不考虑着地平衡,身子飞越过孙迭身侧,重重摔在地上!

要是孙迭在这时接续再攻一刀,荆裂必死无疑。

可是,不会有了。

孙迭迎面倒下去。从断臂喷涌而出的鲜血,流泻一地,连沙土也来不及吸收。

这时梅心树正好看得清,前方那来骑之上,马鞍上坐着的是个穿五色袍的术王弟子。他一辨出是部下,急忙勒马转过头去再看,却已经错失了荆裂刚才的刀招,只见荆裂与孙迭双双倒下,孙迭身体下不断漫出大摊鲜血。

——这家伙,变了什么妖法?

梅心树瞪着眼,瞧着地上的荆裂。

只见荆裂躺了一会儿,又慢慢以单臂撑起上半身来,大口大口地透着气。刚才舍身一刀,耗去他不少残存的体力。

他遥遥看着马鞍上的梅心树,吐出跌落地上时进了嘴巴的沙子,不禁快意地笑起来。

那一斩之快之猛,荆裂平生都没有试过,却竟然在一手一腿不能活动的危急情况下催生,连他自己也甚感意外。

虽是这么远的距离，梅心树却似乎看见了荆裂的得意笑容。他心里不禁想：

——这男人，真的这么难杀死的吗？

荆裂这时也看清了，从东方骑马而来那人并非同伴，而是穿五色袍的术王弟子。好不容易干掉两个强手，现在又突然多了一个敌人，荆裂并未感到气馁。

——再来多少个，就杀多少个。

他急忙爬起身，又要去拿孙逵的砍刀。

这时那术王弟子已经到达梅心树马前，却竟毫不停留，马儿越过了他，仍朝着荆裂的所在狂奔。

经过的瞬间，梅心树看见那弟子背着的那柄长武器：一把柄子很长、形貌不太像中土兵刃的窄刃大刀。

这瞬间梅心树知道不妥：术王弟子到来，没理由不向他这位"护法"敬礼和请示……

他又忽然回想：昨夜的荆裂，不也一样穿着术王众的五色袍？……

——是假货！

梅心树踢踢马肚，催促马儿从后追赶这名假扮术王弟子的来者，他同时把垂在鞍侧的铁链扬起，在右边身侧如车轮似的垂直旋转。弯刃高速刮过空气，发出令人心惊的尖锐啸音。

那骑者直奔向荆裂，同时伸手往胸前一扯，解下背后那柄长长的倭刀。

他已察觉后面梅心树发力追来，也顾不得回头看，只一味加紧朝荆裂奔驰。

荆裂感到奇怪，注视着这来者，发现他手上兵刃甚是熟悉。再看对方的身形和骑姿，荆裂恍然。

他昨夜才跟此人一同骑马夜奔！

薛九牛始终不放心荆裂，忧心自己的任性害了这位大侠士，于是瞒着县城众人出来，在城外到青原山的一路上寻找。他心想可能要为荆裂助阵，也就将荆裂留在城里的倭刀也带出来了。

至于那件术王弟子的五色袍，则是昨夜在登龙村里从死尸身上剥下的，本来只是因为其中几名获救的妇人衣不蔽体，才取来给她们保暖用；薛九牛后来想到，昨夜荆裂曾假扮术王弟子潜上青原山，他也就有样学样，果然在青原山脚附近，他两度靠这件袍子，逃过了一干正在搜索的术王众耳目。

看见术王众空群而出大举搜捕，薛九牛更确定荆裂身陷危险，于是冒险四处查探，结果正好给他在附近听见激烈的跑马声音，赶到溪边时又发现那三对一的追逐蹄印，因而才寻到这片野地来。

薛九牛看见荆裂一身是伤，走路站立又一跛一跛，只感心焦如焚。先前他已用尽平生的胆气，迎面向梅心树那枚凶星接近，此刻更不犹疑，心里只有一个念头：

——一定要把这柄长刀送到荆侠士手里！

可是后方的蹄音已急急接近。他知道快到极限。

"荆侠士，接着！"

薛九牛尽力挥臂，从马上把倭刀往前掷出去。

刀才脱手的一刻，强烈的刃风已从他背后卷至。

没有武功的薛九牛无法做出任何逃避反应。他的背项炸开一团血雨。还没完全成熟的矫健身躯顿时失去能量，软软地从马背上跌下来。

薛九牛抛刀时跟荆裂距离仍远，虽然借助了马儿奔驰的势道，倭刀只能落在荆裂前方一丈外。

荆裂的眼睛收紧。他急忙一手一足并用，连跳带跑地赶往倭刀落下之处。

梅心树一击后马儿仍不停顿，他右臂将带血的铁链弯刃扯回来，顺势向后挥转半圈，又再以下手的掷法⑤挥出去，直袭向荆裂！

荆裂左足再次一蹬，几乎身体成一横线般跳出，右手伸尽，抓到了地上的倭刀柄，并朝面前举起。

带着铁链的弯刃直取荆裂面门，却被倭刀的刀鞘挡住，铁链卷在鞘上紧缠。

梅心树发力猛扯铁链。荆裂同时跪着转动腰身，右手拉动刀柄。

---

⑤一般飞行暗器的投掷手法，分"上手"与"下手"两种。"上手"是正常手臂自上而下挥掷；"下手"则相反，臂腕从下往上扬。

那带着无数战痕的四尺多刀锋，霍然出鞘。

荆裂侧身半跪在地上，右臂举起刀柄横架胸前，倭刀的刃尖遥遥直指梅心树。

在两人之间，倒地的薛九牛浑身浴血，一动不动。

荆裂不再笑了。

"现在终于只剩下我们两个了。"他冷酷的眼睛盯着这黑衣强敌，"这也是你所希望的吧？"

梅心树并未回答他，只是将缠在铁链上的刀鞘抖去，双手缓缓地把铁链收回来，然后跨下了马鞍。

依旧猛烈的太阳，照射在两人各自的兵刃上。

夏风吹过这野地，一片空寂。

我们不时地看到一些高水平的身体跳跃运动与表演，比如职业篮球的飞跃灌篮、体操和舞蹈的翻腾，常会错觉某些活动仿佛能够违反物理引力似的，比如能够延长滞空的时间、在空中二度加速发力等。其实这些动作效果都是身体高度协调所产生，特别是将动作里所有用不上的肌肉，置于完全放松脱力的状态，因此才能将力量的传达推到更贯彻的层次。

荆裂在危急中所领悟的舍身一刀，基本原理也是如此。所谓"舍身技"就是完全不考虑出招后的体势后果，或者任何接下来的后招，将所有都投入在出招的一瞬间。

由于荆裂四肢里一手一腿都已受伤无从发力，他索性就将这半数的关节肌肉全部放松脱力，因此完好的右臂和左腿所爆发的力量，就更能毫无保留地传导到刀招上。例如大家常见到职业篮球员的飞身猛力灌篮，动作是何等快速强劲，但篮球员始终还要顾虑灌篮之后的着陆平衡；试想象假如他连着地都不顾，把预备着地用的肌肉都彻底放松，那空中动作的威力和速度又将推往更高点——当然在

大道阵剑堂讲义 ◎ 其之三十

我们不时地看到一些高水平的身体跳跃运动与表演，比如职业篮球的飞跃灌篮、体操和舞蹈的翻腾，常会错觉某些活动仿佛能够违反物理引力似的，比如能够延长滞空的时间、在空中二度加速发力等。其实这些动作效果都是身体高度协调所产生，特别是将动作里所有用不上的肌肉，置于完全放松脱力的状态，因此才能将力量的传达推到更贯彻的层次。

荆裂在危急中所领悟的舍身一刀，基本原理也是如此。所谓"舍身技"就是完全不考虑出招后的体势后果，或者任何接下来的后招，将所有都投入在出招的一瞬间。

由于荆裂四肢里一手一腿都已受伤无从发力，他索性就将这半数的关节肌肉全部放松脱力，因此完好的右臂和左腿所爆发的力量，就更能毫无保留地传导到刀招上。例如大家常见到职业篮球员的飞身猛力灌篮，动作是何等快速强劲，但篮球员始终还要顾虑灌篮之后的着陆平衡；试想象假如他连着地都不顾，把预备着地用的肌肉都彻底放松，那空中动作的威力和速度又将推往更高点——当然在

现实中，要克服那重重摔下的恐怖感，非常人所能办到。此所谓真正的"舍身"。

荆裂这刀招另一重点，是在于不平衡。因为只用一边手腿，他这飞跃动作的肌肉运动，本身就处于一种左右不平衡的状态，身体在空中时自然往一个方向自转，只要擅用这旋力，又能够把多一层力量加诸斩击之上。这情形就好像飞刀或者飞斧，因为前后重量不平均，投掷出去时就能产生非常高速的旋转，命中目标的劲力，比重量平均的飞旋物要猛烈和集中得多，这是刀招运行得如此快疾的秘密。

当然这样的舍身刀招也有它的难处：因为是空中全身旋转挥刀，没法看准敌人出手，已经不能像正常招式般靠眼睛瞄准目标和判断时机距离，往往需要其他感官、直觉、经验甚至运气去填补，是一种高风险的"一击必杀"赌博，也是对武者胆量的严峻考验。

第六章 刃风·梦想

梅心树本名叫梅新。那名字是后来在武当山时，师父为他改的。

前任武当掌门铁青子公孙清，是他名义上的师父。但他心里真正视为师父的，是另一个人。

他很清楚记得那个改变自己命运的日子：十六年前，三月初八那一天。

当时的梅新，只不过是襄阳城里一个年轻的流氓。没有今日的气势，也没有脸上那交错的伤疤。

梅新只有一点比较特别的地方：他跟人打架，喜欢用绳子和石头。

很简单，就在一根长长的绳索两头，各绑着一块鸡蛋般大的石头。在街头，很多比他还要高大威猛的家伙，都被他这又简单又罕见的玩意儿，打得头破血流，倒地不起。

当然他也有失手的时候。有时对手靠着强壮的体格，捱过了飞击而来的石头，又或者成功避开了第一击，一进到近身的距离，梅新的绳子就不管用了，接着就只有被人揍得鼻青脸肿的份儿。近身挨打的时候，他总是从不还手，如一只乌龟般缩成一团，任人拳打脚踢。

然后到了下次打架，梅新又忘记了上次的失败，照样掏出这副绑着石头的绳索来。襄阳城里的众街坊都知道，他在流氓群中是个怪人。

只有几个跟梅新一起长大的朋友，知道这飞索的由来：它是梅新的老爹生前教给他的唯一事情。

听说他梅家祖上曾是武家望族，出过边疆上的武将与江湖上颇有名气的镖师，擅长好几样武艺绝活；可是到后来渐渐失传，到梅老爹那一代，只学得这一手飞索术。这功夫练成也打不了人，梅老爹最后只有一种方法谋生：用这飞索去爬墙当小偷。

结果在梅新十五岁那一年，梅老爹失手被官差擒住，再被诬告为采花贼，逼供时被活活打死在公堂上。

失去父亲的梅新，从此流落街头。但他没有走上老爹的旧路。他决心要将这家传的飞索术，练成能够打人的真功夫；要恢复祖上的威风；要让世人都知道，姓梅的，不是只有作贼的孬种。

虽然打架有胜有败，几年下来，已经二十岁的梅新，总算在街头有了一些名气。因为这飞索术巧妙漂亮得有点像杂耍戏，梅新每次约人打架，都吸引不少人围观。

三月初八那一天，他又收了二十文钱，代人出头去跟城里有名的赌徒麦家三兄弟打架。这一仗吸引城里近百人集合在街道两边，准备看好戏。

结果却让很多人失望，因为这场架打得很短。梅新虽然一出手，飞石就极漂亮地把麦老二的鼻梁打歪了，但麦老三乘机冲上前去，他早知梅新用这兵器出了名，就准备了一张板凳，举在面前去挡。梅新只能看准麦老三下方暴露的双腿去打，结果要挥出两次飞索才能打中，接着麦老大已经将他扑倒在地。

麦家三兄弟一拥而上，向伏在地上的梅新拳打脚踢。梅新照样不躲避反击，只是龟缩着，将双手都藏在身体底下。三兄弟打得累了，向他吐了几口唾沫就走了。其他旁观者兴味索然，也都很快散去。

梅新缓缓站起来，伸展一下被打伤的腰背，抹去身上的泥巴和唾沫，拾回跌到街边的石头飞索，正要回家去时，却发现仍然有个人蹲在街边瞧着他。

梅新看这个人，年纪大概只比他大几岁，穿着一身好像道士的褐色袍服。这人一头散发连髻也不结，那发丝竟是卷曲的，如层层波浪般乱成一团，前面的长发更半掩着眼睛。

这个道人背后斜斜挂着一件布包的长东西，一看就知道是兵刃，而且九成是长剑。光天化日，竟有人在这城里大街上带着利刃行走，梅新甚感奇怪。

"你那绳子，好有趣啊。"这人微笑着向梅新说，"打得真漂亮。可惜，打不死人。"

梅新愕然瞧着他，"打死人？"他从来只是打架，没有想过要杀人。但眼前这个道人将夺人性命之事，说得极为稀松平常。

"不错。"那年轻的道人抓着卷发，姿态显得懒洋洋，"因为打不死人，后面那两个家伙才敢冲过来。要是第一击就把那人脑袋打穿，你就不会败了。因为他们都会害怕你。"

梅新站着，仔细打量这道人，心里好像被什么东西震撼了。

——这个人说得对。

"之后为什么缩成一团不还手呢？"那道人把双掌拢在衣袖里问。

梅新向他展示没有一点伤疤的双手。

"因为要保护这双手。要是跟他们扭打，也许会赢；但伤了手，以后就用不到这飞索了。我宁可输。"

道人听见梅新的答案，高兴得跳起来拍掌。

"这个人，好玩极了！"他朝后面高叫，"师父，我很想把他带回去，行吗？"

梅新这时才发觉，这人所蹲的地方，是一家小茶馆的门前。

一条身影自门内拨开布帘出现。

一身的白衣。胸口处绣着黑白分明的太极标记。

✕

就是这么简单的几句话，那道人就成了他的师兄。梅新变成了梅心树，当今武当派掌门公孙清的徒弟。整件事情仿佛非常随便，纯粹就是"师兄"觉得他的飞索很"有趣"而已。梅心树意想不到，公孙清当时竟然半句不问，就这样一口答应了"师兄"的要求，带着他回武当山上去。

二十岁的梅心树，在所有同期初入门的武当弟子里，是年纪最大的一个。"先天真力"的资质通常在少年时期就显现，像武当这般位列"九大门派·六山"的名门大派，甚少收录成年人入门，因太迟入门的人，通常进境有限，徒浪费师长投入的苦心和精力。

但是后来的事实证明，"师兄"把梅心树带回武当山，并不是因为好玩。

梅心树竟能跟上武当的严酷训练，并且很快就掌握了武当武道的基本功法，这种事情世上只有少数人能达到——"师兄"从梅心树发出一次飞索，已经看出他的练武潜质。而师父公孙清更完全信任"师兄"的判断眼光。

——他是一个很厉害的人。

"师兄"真正有多厉害，梅心树也是在入门一年之后才第一次亲眼见识到：那次"师兄"兴之所至，亲身到"玄石武场"指点同门后辈，还没有资格在该武场锻炼的梅心树，与一群同期弟子在外头观看。结果他们全都看得一身冷汗。

那样的剑法，已经不能用"厉害"去形容——因为他根本连看都看不明白，只知道武场上的所有人之于他，一个个就如同木偶一样。

梅心树当时就想：将来的武当派掌门，必然是这位"师兄"。

　　两年后，梅心树完成基本功的训练，就要开始选择自己的专长钻研。武当立派将近二百年，兵器传统虽以剑为尊，刀枪次之，但收入的各种大小外门兵器也不少，诸如长兵钩镰枪和燕子锐；双短兵如子午鸳鸯钺、风火轮、坚木拐和双匕首；重兵器如狼牙棒和铜锏；暗器如飞剑与月牙镖；以至软兵器像九节钢鞭、绳镖、长鞭，等等。

　　梅心树当然毫不考虑，一心一意就是要完成他心目中的飞索术。他为此分别苦练武当派的多种功夫：鞭术的挥击发劲法门；绳镖的收放变化；暗器的投掷手法与距离测算……并且努力将这些技能，都融合到他的家传飞索里。

　　因为"师兄"那句"你的飞索打不死人"，梅心树也恍悟：真正的武道，不是街头打架的玩意儿，是要玩命的。于是他用的兵器不管分量还是杀伤力都大大提升了，绳索变成铁链，石头换作一双形如兽牙的镖刃。

　　——那双柄带铁环的弯刃短刀，据同门说是十几年前一位在锻炼里失手身亡的前辈遗留下来的，梅心树挑选兵器时，看见第一眼就选定了它们。

　　可是梅心树的修练路途却遇到了瓶颈。武当派虽然人多势众，毕竟练这类投掷软兵的人仍属少数。练的人少，练得专精的人自然也少，能够指点梅心树和跟他一起磨炼技术的同门并不多，这成了其中一个障碍。

　　可是梅心树面对的最大难题还不是这一点，而是他自己的心。

从前许多年，他习惯练的都是轻巧而不会致命的石头飞索；一下子换成铁链和钢刃，他在练习收放控制时，始终还是无法摆脱深刻的恐惧。每次把练习的力度和速度提升到最高，并且锻炼比较凶险的招式时，面对那朝着自己飞回来的锋利钢铁，他都压抑不了短暂闭目闪避的本能反应，常常就此无法完成招术。

梅心树为此苦恼不已。但他不愿意放弃。他已经把太多的人生投注在这武功上了。可是就差这一步……

——要是不能以这一武功成为高手，我就干脆不做高手也罢！

上武当山的第六年。某天夜里，梅心树又独自一人在空寂的练武场内，修练这件一直无法征服的兵刃。

这一晚"师兄"却也路过出现。他身边还跟着四个同门，梅心树认得这几个师兄，这伙人总是常常跟"师兄"走在一块，就像结党一样。当中有个身材高瘦得惊人、一颗头光秃秃、脸上刺了几道咒文的巫纪洪，外形很是显眼。梅心树知道，他跟"师兄"一样也是属于"首蛇道"。

不过无论"师兄"跟谁走在一起，看过去第一眼最注目的人，也始终是他。

梅心树点头向前辈们行了礼，又自行流着汗去练这铁链飞刃。"师兄"却停了下来站着看他。梅心树心里很焦急，不愿让"师兄"看见他害怕飞刃回卷时的丑态——要是世上只有一个人梅心树不想让他失望，这个人就是"师兄"。

看了一阵子，"师兄"带着同伴走过来。

"巫师弟，给他一包药。"

他身边的巫纪洪答应，伸出大手掌，从腰带底下掏出一个小小的红色纸包，诡异地微笑着，把它交给梅心树。

"吃了它，就不会怕。""师兄"说完就带着同门离去。

梅心树打开纸包。里面有十来颗小小的丹丸。

他用手指拈起一颗。想到刚才"师兄"那勉励的眼神，他毫不犹疑，就将这不明的丹丸放进嘴巴里。

此后三年，梅心树脸上越来越多新伤疤，有一道削过眼皮的伤更几乎把他弄瞎。武当山以外的人看了，会以为这些伤疤都是在比试锻炼里由对手造成，其实全部是他自己的兵刃遗下的痕迹。

再过两年，梅心树脸上的伤疤没有再增加。并且他穿上了武当"兵鸦道"的黑色道服。

这些日子里，梅心树也开始跟"师兄"一伙人聚在一起。他很少说话，只是在听"师兄"说。"师兄"私底下却常常都嘲弄武当派和师父公孙清。梅心树觉得很奇怪。

"我们这样，其实跟山里一群猴子有什么分别？""师兄"说得最多的是这句话，**"明明拥有比别人强大的力量，却不去夺取天下的荣耀，又有什么意义？"**

每次"师兄"说这样的话，跟在他身边的那些同门也就很兴奋。他们这伙人不时地悄悄聚集在后山的树林里，一起吃那些来历不明的药，因此情绪总是很高涨。后来梅心树才知道：这些药，来自"师兄"从"真仙殿"的禁库里偷取出来的物移教药方，并且交给巫纪洪到丹药房偷偷调制而成。

梅心树听了"师兄"的话，心里不大明白，"师父不是说过，我们武当派再多准备几年，就会向整个武林下战书，宣告我们'天下无敌'的吗？"

"师兄"伸出他纹有奇异三角形刺青的手掌，拨一拨丛云般的波浪乱发，神情似乎对此嗤之以鼻。

"师父是个老糊涂。这个世界，比武林要大得多。"

梅心树听见"师兄"竟如此毫不避讳地骂师父公孙清，不禁吃了一惊。

"梅师弟，我们是要追求成为最强的人吧？""师兄"继续说，"那么你认为，有天你要杀人，是自己动手去杀；或是只要说一句话，就有人把他头颅送来给你，哪一个比较强？哪一种才是真正的力量？"

梅心树耸一耸眉毛。他从前混过街头，当然听得明白这话。他自己就曾经多次为了钱帮人出头打架。他又想起自己的父亲。那些官差和土豪，论单打独斗，没有一个能打得过他爹，但他爹却无法反抗地被这些人屈打而死……

权力。

"可是……"梅心树又问，"这岂非违背了我们武当的戒律吗？"

　　"武当三戒"之第三条，"眼不见名位财帛之诱……自求道于天地间"，禁止武当弟子以武道换取世俗的权位富贵。

　　"狗屁。""师兄"站起来断然说道，"到我当了掌门，第一件事就是废了这条戒律。"

　　"师兄"这话简直大逆不道，但他说时那气度，令梅心树无法不折服。

　　"不是说好要做到'天下无敌'的吗？**假如天下有一个你杀不了；有一件东西你不能拿到手；有一个地方你无法去，这算什么真正的'天下无敌'？**"

　　梅心树看见站在山岩上的"师兄"身影，正散发出一股睥睨世人的王者之气。

　　"师兄，你不是要……当皇帝吧？……"

　　"皇帝算什么？""师兄"朝天举起拳头，**"我要当神。"**

　　在他旁边的巫纪洪，兴奋地拍一拍光头。这时的他已经跟"师兄"一样，穿着"褐蛇"的制服。

　　"尽我百欲。"他扬一扬手里那卷同样从禁库偷出来的物移教经书，"日月同辉！"

　　"师兄"却摇摇头，"我才不要等死了之后，等什么'千世功成'。**要当神，我就要在这一生。**"

　　"师兄"简直是个疯子，梅心树想。**却是一个令人不得不相信的疯子。——跟着这个人，我就会得到我想要的光荣。**

那一刻，梅心树下定了决心。

✕

两年多后，师父公孙清仙逝。可是结果"师兄"只成了副掌门。

然后便发生了"那件事情"。梅心树跟那伙同伴，都无法再见到被囚禁的"师兄"了。

就在事情发生的同一夜，巫纪洪来了找梅心树——当时梅心树吓了一跳，因为巫纪洪以"褐蛇"级数的轻功，能够潜近到梅心树背后攻击可及的距离，方才被梅心树察觉。

"其他人都已走了。"巫纪洪冷冷地说。他那张用炭灰涂黑了的脸，半隐在黑暗之中，一双怪物似的大眼睛在夜里反射着月光。

一身冷汗的梅心树，拿着几乎就要发射出的铁链飞刃，打量着巫纪洪。只见他背后和腰间都带着要远行的包袱，身后还挂着一个长布包。

"我只问一次：你要跟我走吗？"

巫纪洪问的时候凝视着梅心树。平日行径带点疯狂的他，此刻眼神非常热切，确实很渴望梅心树答应。

"有意义吗？"梅心树垂着带有伤疤的眼睛。

巫纪洪取下背后长布包，褪去那布套。梅心树认出来，是"师兄"的佩剑。

"到了外面，我们就去实践他所说的事。"巫纪洪坚定地说，**"去夺取世间的力量。"**

"假如他都不行，就凭我们两个……"

"你认为像他这样的男人，被人囚禁一生会是他的命运吗？"巫纪洪抚摸着那柄武当长剑说，"我希望在他出山的那一天，我已经为他做了最好的准备，让他追回这些失去的日子。"

梅心树听得动容。他回想起第一次跟"师兄"在襄阳的相遇。也想起当天那个站在山岩上、举拳向天的狂傲身影。

梅心树伸出手来，跟巫纪洪——也就是后来的波龙术王——坚实地相握。

"你要带些什么走吗？"巫纪洪问，"我可以等你收拾。"

"带这个便够了。"

梅心树扬一扬手上的铁链。

"反正我来武当山的时候，也只带着这么一件东西。"

✕

此刻梅心树就拿着这唯一从武当山带出来的东西，一步一步朝着荆裂走过去，直到前方大约两丈余之处就停下来。

荆裂仍然半跪着，把沉重的倭刀垂到地上，争取让已经负荷太多的左腿多休息一刻。他同时调整呼吸，尽量恢复刚才舍身一击所消耗的气力。

荆裂密切注视着接近中的梅心树，同时用眼睛的余光留意躺在二人之间的薛九牛。他瞥见这小子的身影在地上挣扎得很慢，连坐都坐不起来。痛苦的咳嗽里带着像呕吐的声音，听得出正在吐血。

荆裂先前已见识过梅心树在马上发出的飞击，知道有多猛多重。薛九牛即使没被打中要害，身体也不可能撑得太久。

——在这儿拖得越久，他活着回县城的机会就越渺茫。

可是正因为紧急，才更不可以把焦虑写在脸上。荆裂不正眼瞧一瞧薛九牛，正是这原因。

"你刚才说这是我希望的，是什么意思？"梅心树隔老远冷冷地问。

"从昨晚开始，你就想跟我单挑。"荆裂回答，"否则刚才你不会只叫那两个家伙动手。"

"我不是想跟你单挑。只是觉得不值得加入而已。"梅心树说到这儿不禁沉默下来。事实证明他判断错误了：以为眼前只是一个只剩半条人命的敌人，结果却是两个部下变成死人，而对手却还好端端地呼吸着。

"这是差不多的事情吧？"荆裂咧着牙齿，"我知道为什么。**因为你心里的自己，始终是武当弟子。**"

　　这句话说中了梅心树深藏的心事，他无法否认。已经很久没有人用"武当弟子"来称呼他了。他心里有一股异样的怀念感觉。

　　梅心树离开武当山后，偶尔也听闻武当"兵鸦道"四出远征的消息。没能跟随着他们与天下武者交锋，他心内不无遗憾。

　　"可是我不明白。"荆裂又说，"你不像是会跟着这伙人作恶的人。为了什么？钱吗？女人？"

　　这深深刺激了梅心树。他帮助师兄波龙术王扩张势力，虽然从来没有亲身参与烧杀抢掠、以"仿仙散"榨取钱财、收集"幽奴"人头等勾当，但他没有天真得以为自己一双手就很干净。他不否认自己堕落了，但心里一直念着一个无愧的理由。

　　——这一切，是为了准备让那个人高兴。只要是为他，我被人视作恶魔都不在乎。

　　——可是别用那些细小的欲望来度量我干的事。这侮辱了我，也侮辱了他。

　　"有些事情，我不打算让人明白。"

　　梅心树说着，右手舞起铁链弯刃，在身侧转着小圈，渐渐加快。

　　荆裂知道对话已经结束了。他拖着倭刀，缓缓伸直腿站起来。

　　挥着铁链的梅心树，又再踏前来。

铁链飞刃的最压倒优势，自是在长距离上。荆裂曾迎受他两次攻击，知道他都是选在大约一丈半之距发动，应该就是这兵器最长的杀伤距离——即使一击不中，敌人直冲过来，他也有较充裕的时间、距离进行第二度攻击。

——荆裂这个估计非常接近事实：梅心树这条铁链共长十七尺，预留约三尺在双（单）手间操作，加上弯刃本身的长度，也就有大约十五尺的攻击范围。

荆裂本身也使用近似的兵器，但远不如梅心树般厉害，那铁链枪头主要是扰敌之用。他想此人必然长期专注地锻炼这兵刃，才有这般造诣，就算是飞虹先生"八大绝"里的"摧心飞挝"，也不知能否跟这飞刃一拼。

而此刻他手上只有一柄倭刀。虽然在长度上已经比先前的砍刀增加了一截，但跟眼前敌人的长长铁链还差了大段距离。

假如荆裂有双兵刃的话，还可以牺牲一柄去缠住铁链，再冲近以另一柄取胜，可是现在的荆裂只剩一条手臂可用；闪避就更加不可行，他只有一边腿，无法在移动中平衡，躲避只会死得更快。

荆裂仔细看梅心树两手之间那束铁链，其实比小指头还细一圈约十七尺之长，当然不能造得太粗，否则太沉重根本飞不远，那长度就失去意义了。

荆裂想，这样的粗细，假如以刚才那舍身一刀的威力，要凌空斩断它并非不可能……

可是不行。那赌上一切的舍身技，并没有后续的后招。要么不用，一用就一定是用在杀敌决胜。不可用来斩铁链，只可斩在敌人身上。

要如何对抗梅心树的长距离第一击，成了荆裂的大难题。

而这一攻击已经快要来了。梅心树又再踏前一步。

他身体周围就如存在一个无影无形的一丈半杀伤圈，这圈子的边缘正逐步朝荆裂接近。

梅心树没半点儿急躁。他知道形势站在自己这边。只要好好地调适步伐和距离，确切地发出他从小磨炼的绝技，一切就会结束。

——你没有从山崖跌死，捱到这儿才死在我手上，也算是一种幸福吧。

已经接近到十八尺。荆裂又再低蹲前倾，垂臂架刀于下方，摆出与先前一样的准备姿势。

梅心树看了，没有动一动眉头。

——对方摆什么架势都是一样。

荆裂迅速地看了薛九牛一眼。只见他背项的呼吸起伏很弱。身下散出大滩鲜血。

此刻荆裂能称作"优势"的只有两点：一是拿回了自己熟用而又更长的兵刃；二是之前梅心树分了心，没有看到他那飞身旋体的刀招是怎样发出的。

这两点，都是薛九牛用鲜血换回来的。

——为了他，要必胜。

这是荆裂的人生里，第一次如此强烈地因为另一个人，产生求胜的欲望。

明明是极凶险的劣势，荆裂却感到心里有一股前所未有的宁静安然。

因为这一次，他不只是为了自己而战斗。

梅心树再走近。十七尺。他手上旋转的铁链再加速。

荆裂垂刀蹲踞的体姿，犹如山野间一头蓄势全力扑杀的猛兽，全无平日苦练招术架势的痕迹，似是完全出于野性本能。

一种与天地自然融合的刀势。

但这并不代表荆裂心里一无所想。他从来的最强武器，不是在手脚上，而是藏于那长满辫子的脑壳之内：智慧与经验。

他一刻不停地思考和估计梅心树的战斗方式，从中寻找一条迈向胜利的狭隘通路。

这一条通路，没有人保证一定存在。但你不去找，就可能永远找不到。

荆裂的眼睛，在这一瞬间突然亮起来。

——就如在深渊的最底下看见一线光芒。

同时梅心树加快脚步，拔腿奔前，完成那余下的两尺距离。

他利用这助跑的奔势，仰身、转腰、拉臂。

十五尺。正好。

荆裂已经置身那无形的杀伤圈里。

他却保持姿势不变。

——来吧！

旋转蓄劲已久的铁链，脱出梅心树的右掌，几乎以完美的直线射出！

凶暴的弯刃，因那速度已经看不见形貌，仿佛化成了纯能量。

荆裂同时举起倭刀去迎接！

但他这举刀动作甚奇怪，并不像平时全身连动地去挡，而只有一条右臂的肩、肘、腕关节移动，腿足、腰身、颈项等都凝在原位，纹丝不动。

——一般武学上要整个身体连动协调，做到"气劲贯发"，自然不容易；但像他这样能够独立靠一边肢体发动，而全身其他部分纹丝不受影响，同样是极高内力的表现。

荆裂极力保持原有的体势，自是为了能够随时发动那招舍身刀法。

疾劲的铁链迎面飞至！

金属交错的锐音。

倭刀以近刀柄的刃身根部，从下而上，抵住飞来铁链的前端五寸！

假如这是一根刺来的枪棒，这一挡足可将之向头上消去；但遇着的是这铁链软兵器，这一格不可能抵去所有的能量。前头的牙形弯刃，仍然越过倭刀，朝荆裂的脸割下！

荆裂为了保持姿势，前倾的上身和头部仍在原位，以不动如山的胆气去迎受这一击！

　　——巨大的赌博。

　　弯刃狠狠削下，在荆裂眉心鼻梁斜线刮过，几根辫子也被凌空割断，他的脸庞正中央，自左眉上方至右眼肚下，爆发出一条血的轨迹！

　　因为倭刀格住了铁链，弯刃的尖锋仅仅破肉半分。只要再深少许，必然致命！

　　荆裂以脸面接受这冷刃的割斩，头颈竟是全无一分畏缩，眼睛仍然直视向前。**如此钢铁般的精神意志，世上无几人。**

　　带血弯刃继续落下，绕缠着倭刀两圈，余势方才止住。

　　梅心树用的是软兵器，无法从着手触感知道命中目标的深浅，只看见荆裂面门溅血，继而铁链卷上了对方兵刃，他也不理对方生死，沉下马步双手发力猛拉，要以昨夜同样的方法劫夺荆裂的刀子。

　　而荆裂等的，正是这个。

　　发动了。

　　荆裂的左腿三大关节，爆出极大的瞬发力，向上传导，他身体随即弹射向前！

　　这次跟先前更有一点不同：荆裂的跳跃，还配合了梅心树猛拉铁链的力量！

　　——借助敌人之力，乃是荆裂从武当"太极拳"中汲取的灵感。技巧不同，但道理相通。

　　荆裂昨夜就尝过梅心树这拉力，并因此不得不放弃雁翅刀，知道他臂劲非常沉雄；此刻他尽借这股力量，配合着发动向前跳跃，速度与势度果又比第一次更迅猛许多！

　　可是再迅猛，这力量也不足以把荆裂壮硕的身体，一口气送到丈半外的梅心树那头。

　　梅心树未见过荆裂这跳跃，对这一记大感意外。但他异常冷静——他这套制敌于先的铁链飞刃，自有它的战法。

　　荆裂飞过来，同时等于带回了梅心树放出去的大段铁链。

　　也就是说，他可以再投出另一段了。

　　荆裂这次跳跃，身体同样带着旋转。不同的是，上次是左右平旋；这次却变成了上下翻转！

　　只见他的身体在空中缩成球状，已然前翻至头下足上，整个背项暴露在梅心树眼前。从任何一种武学的角度看，都没有比这更差的恶劣姿态。

　　敌人以最虚弱的体势示己，梅心树出于武者千锤百炼的反应，毫不犹疑就将左手的弯刃也发射出去，击往接近到七尺内的荆裂后心！

　　这并不是临急的应变，而是梅心树早已准备的第二击。虽然没有最长那第一击的威力，但此刻距离缩减了一半，这第二击却可以更精确，发射的动作也更少预兆。

强势的第一击压制，与精准的第二击取命。这是他梅家所传飞索术的精髓，也是梅心树必胜的完美招术组合。

　　然而他低估了荆裂这舍身刀招的能量。

　　这飞跃之力，虽不能将荆裂送到刀子足以斩及梅心树的距离，但全身翻滚的速度却非常惊人。

　　其势如旋卷的怒涛。

　　荆裂虽身处没有一滴水的野地，但这短促刹那他的眼中，仿佛身周一切都化为深蓝。

　　他"借相"于千顷巨浪，躯体恍如失重般，乘着浪势袭来。

　　——其气势之猛，竟然连梅心树都隐隐感受到他的海潮幻象！

　　第二柄弯刃飞射到荆裂身前两尺时，他已经完全翻转回来。弯刃变成向他迎面飞至。

　　荆裂早就借着那翻卷之势，把右手倭刀高举到左肩后的出手位置。

　　荆裂的身体与梅心树的飞刃，两者高速交接！

　　如此短促的刹那，不是任何人的眼睛都能够捕捉——即使拥有"耀眩之剑"境界的人都不可能。

　　就算荆裂能，他此刻也看不见。眉心的血渗进了眼睛。

　　但他不必看。因为他信任梅心树。

　　信任他的武者本色。还有准绳。

　　荆裂深信梅心树这第二柄弯刃，飞射的目标必然是他背项的正中央——人体最难防卫的地方⑥。没有武者能抵抗这样的引诱。

　　于是荆裂只做了一件很简单的事：在不看一眼的情况下，向着自己刚才露出的背心方位，斩下去！

　　非常大的赌博。却也是经过计算的赌博。

　　这二次的舍身刀，比第一次又更成熟，劲力的传导更充分，不使用的肌肉更加放松——简要说，**人刀合一**。

　　朴实无华的一刀里，荆裂舍弃了一切技巧。但同时也是他一切所学技巧的总和。

　　倭刀的刃芒，又再一次因极高速而消失。

　　轰然炸起的星火，即使在下午的晴日底下，依然灿烂清晰。**犹如太阳底下另一个一闪即逝的太阳。**

　　梅心树射出的弯刃被倭刀准确无误地斩中，猛然往反方向飞回去！

　　梅心树习练这铁链飞刃，迎受过无数次刃锋向自己回弹之险，遗下脸上一道接一道的伤疤。可是他经验再丰富，此刻都不可能做出任何反应。

　　太快。

　　梅心树那盖着疤痕的眼皮，连眨一眨的时间都没有，带着链子的弯刃已经没入他心胸！

---

⑥人的背脊中心，是自己最难摸到的部位，因此也最难于防御。

荆裂比梅心树先一步倒在地上。他这次翻飞得更猛烈，摔得也更狠，刚才被斜斜割了一刀、鲜血淋漓的脸撞在沙土上，几欲昏迷。

他的倭刀也如上次，不堪猛击而脱手飞去。仍然缠着铁链的长刀跌落地上，刃锋上有一处卷缺，可见刚才那凌空相击是如何刚猛。

败在自己兵刃下的梅心树，身体僵直地仰倒。那弯刃深入他黑衣内的胸口心肺，直没至柄。口中鲜血如泉涌出。

荆裂吃力地爬起来，却看也不看这个艰辛打倒的强敌一眼，拐着腿半走半跳地到了薛九牛身前。

他跪在旁边，用单臂谨慎地翻起薛九牛的身体。

荆裂感到这小子的身躯已经完全软瘫，没有一点反应，要不是仍有微弱的呼吸起伏，还以为已成一具尸体。

薛九牛微微张开眼。嘴巴缓慢地噏动。

荆裂把耳朵附在他嘴边。

"赢……了吗？……"

荆裂听了猛地点头。

薛九牛微笑，疲倦地闭起眼睛。

"别睡！我们回家！"荆裂激动地叫喊。薛九牛听到又再微张开眼，却没有点头的气力，只能再次微掀嘴角。

荆裂想了一阵子，找到带薛九牛骑马回城的方法。他拾回遗在地上的倭刀与刀鞘，又去拿梅心树那条长铁链。

荆裂这时才俯视仍未断气的梅心树。梅心树的眼神已失焦点，似乎没有看见他。

荆裂本要把弯刃从梅心树胸口拔出来，但这时细看，发现铁链与弯刃的刀柄连接处，是一个活扣铁环。看来这弯刃也可随时取下作短刀之用，是梅心树最后的手段。

——要不是他对飞链太有信心，留着这弯刃作短兵，此刻倒在地上的，会是我。

荆裂将那扣环解开取下铁链，让弯刃仍留在梅心树体内，让他多活一阵子。

——要是真有来生的话，别再做这种糊涂虫了。

荆裂把倭刀贴于薛九牛的背项，用铁链把人与刀紧绕着，这就支撑固定了他的身体。把他抬上梅心树的坐骑后，荆裂也跨上马背，再用余下的铁链，将薛九牛和自己不能发力的左臂缠在一起，把他紧抱在怀里。

"不要死啊。"荆裂说着，将夺来的一柄砍刀插在鞍侧的草绳之间，就催马往西北全速离去。

梅心树仍旧躺在旷野上，等着呼出最后一口气。夏风带着细细的沙土，吹拂在他脸上。他仰视晴明的天空，弥留的意识却回到了离开武当的那个晚上。

下了山后已是黎明。梅心树回头，最后一次看见武当山那泛着曙光的棱线，想到被囚禁在山里的那个人，想象将来有一天迎接他复出的光荣。

将来有一天。再踏武当山。

梅心树安慰地合上了眼皮。

第七章　群侠聚义

日渐西斜，投射在庐陵县城南面的青色城壁上。

在紧闭的城门顶上，一个身影凝静地盘膝打坐，左手支着杖棒，半身泛出金铜光华。远远看去，令人错觉这城墙顶上摆着一尊镇守门户的铜铸佛像。

正是圆性。他的头发胡子均已重新剃干净，虽然从车前村走到这儿来的途中，又再长出薄薄的一层胡渣，但总算恢复了几分出家人模样。他也换了一身干净僧衣，穿戴着全副"半身铜人甲"，盘坐眺视着城外远方，半边脸上充满正义的威严。

当他来到县城后，从童静口中真正得知，那伙术王众是如何邪恶，他有点后悔没把车前村那十个术王弟子干脆除掉。

——我不会再心软。慈悲，不是留给这种恶人的。就让他们轮回为畜牲饿鬼之后再慢慢忏悔吧。

此时圆性望见东南面远方，有一孤影往这城边接近。

——只一骑……是探子？……

　　圆性站立起来。在他身后墙头，蹲伏着二十几个县民，手里都拿着竹枪柴刀，一个个神色紧张。为免被敌人看出县城已做抵抗的准备，他们都低着身子，从城外看不见。

　　"大师，我们……该怎么办……"一个四十余岁、满口牙齿都崩缺的农夫，声音颤抖地问。

　　"不用害怕。一切听我的。"圆性侧过头向他们说。

　　这和尚说的并非佛偈经文，但县民听了他的声音，心里无由地生出一股安祥感；然而圆性每次侧过脸来，展示出半边夜叉恶相时，却又叫他们看得心寒。

　　少林武僧。对这小地方的寻常百姓来说，就等于神话里的人物一样。

　　圆性把手掌压在浓眉上遮挡阳光，监视那越来越接近的骑影。马上似乎坐着二人。当奔得更近时，圆性终于辨出了马上的人是谁。

　　"快开城门！"圆性向墙后的下方叫喊，随即将一条固定在墙头的长索抛下前面去，一手提着齐眉棍，一手拉着绳索，就从丈许高的城墙跃下。

　　圆性身躯虽雄健，但游绳而下的动作很是迅捷，一踏墙接着一放绳，就已矗立在城门前的空地上。他身后的城门也已打开一线。

　　"我们到了，看看！"

　　马鞍上，荆裂用尽气力向薛九牛的耳朵呼喊，却得不到回答。他感觉到怀里这少年的身躯已经渐渐变冷。

荆裂努力催马加快，梅心树这坐骑确是百中选一的良驹，驮着两人脚程仍甚速，但焦急的荆裂恨不得它再多生四条腿。

经过连番恶斗与一身伤疲，继而又要长途抱着薛九牛全速策骑，荆裂的体力已快到极限，马儿快奔到门前时，他身体已摇摇欲坠。

圆性看出他不能再支持，立刻抛去齐眉棍奔跑上前。那马儿受过霍瑶花麾下马贼的训练，有人迎面冲来不但不惊慌收慢，还低着头斜向冲过来。

圆性一让身向左，及时张开双臂，就把从马鞍跌下来的荆裂和薛九牛都接住，紧接着轻轻卸放在地上。

"救他……"荆裂跟圆性重聚，并没有露出惯常的笑容，而是呻吟似的向他请求。

圆性看见荆裂一脸鲜血的样子，知道事不寻常，就将绑着二人的铁链解开，检视薛九牛的状况，发觉他已然出气多入气少。圆性摸摸他染满血的后背，两条浓眉皱成一线。

圆性二话不说，从怀中掏出一个小布包，内里除了他的少林寺度牒，还有一个木造的小瓶。他打开瓶塞，倒出一颗比小指头还细的乌黑泥丸，以指力将之捏成更小的三片，喂进薛九牛的嘴巴里，然后在他喉咙和胸间运劲推拿，助他把药吞进去。

十几个提着武器的县民已经从城门跑出来，惊见荆侠士竟是这副模样，急忙拿来盛水的竹筒喂他喝。

圆性单臂抱着薛九牛，另一手在他心脉上搓揉。只见服了药的薛九牛，苍白的脸上竟迅速恢复了一些血色。

圆性喂给他的，乃是少林寺续命灵药"阿难陀丹"，因炼制困难，轻易不施送外人，只给寺里武僧弟子紧急傍身之用。这么一颗小小的泥巴样的丸子，在外界可说是千金难求，圆性这个随身的木瓶里也只有两颗。他跟薛九牛素不相识，但看见荆裂求助的神色甚切，圆性不问一句就施用了这珍贵的丹药。

"是荆大哥回来了吗？"城门那边传来童静欢喜的声音，"荆大哥，你看见了吧？连和尚也赶来了，我们又多一个强援！还有王大人他们——"她说到一半，跑过来看见荆裂的惨状，马上吃惊地掩住嘴巴。

燕横与练飞虹也赶到。两人双双上前，左右扶着荆裂坐起身子。

荆裂喝光了三个竹筒的清水，精神稍稍恢复。他看见燕横跟飞虹先生，一样满身包扎的创伤，尤其飞虹先生的右手伤得严重，已知道昨夜他不在的期间，城里也发生了恶斗。但荆裂却没问一句，只是默然看着旁边仍闭着眼的薛九牛。

众同伴里以燕横跟荆裂相处最久，平日即使遇着这样的情况，荆大哥总还能说笑几句或是讲一些激励的话，但此刻却如此沉默，燕横也顿感黯然。

"还是先把他移入客栈再治理。"圆性说着，就吩咐众县民拿来充作盾牌的木板，七手八脚地把薛九牛抬起来。

荆裂也在燕横和练飞虹的搀扶下，跟着走进城门。他这一活动，左肩和右膝的挫伤顿时显现。燕横不禁皱眉。

——他骑着马时，必定每跑一步都剧痛难当，却一直坚持回来了……

童静把荆裂的倭刀拾起来，牵着马儿也跟在众人后头。

只见城门内原有的大路，左右两旁都筑起了高高的竹排，将道路收窄了，中段又营造出曲折的弯角来。这是王守仁下令建造的，并由他的儒生弟子监督。这窄道的作用是引入敌人，再从两边施以伏击，尤其弯角处更难躲避，是最容易建造又有现成材料的廉价防御工事。

众人走入城内，又见多处街巷都堆塞了杂物，目的也是把原来四通八达的道路改变成迷宫，令入侵者的团伙走失分散，再逐一埋伏击破。

他们到了"富昌客栈"，马上将薛九牛放在大厅的一张木板床上。

跌打救急乃少林武僧必修，圆性虽只醉心武道，对医术没啥兴趣，但也被逼着学得一些皮毛——但这"皮毛"已比民间寻常的接骨救伤之术高明了许多。

圆性又再查验薛九牛的背项伤势，老江湖练飞虹也加入进来，帮忙治理那被弯刃斩得裂开的皮肉之创。

荆裂坐在旁边另一张床上，却拒绝躺下来。

童静打来一盆水，里面浸着布巾，正要去洗荆大哥脸上的伤口，一个高大的身影在她后面出现。

"让我来。"

虎玲兰接过童静手上的水盆，拐着腿走到荆裂面前。

她那因为练刀太多而变得粗糙的手掌，掏起布巾来扭了两下，轻轻去擦荆裂眉间的伤口。

虎玲兰自昨夜抗敌后一直没有睡过，直至午后圆性到来，接替她看守城门的岗位，她才在客栈楼上的房间养伤休息，因此到现在才知道荆裂回来。

虎玲兰仔细为荆裂抹拭已经胶结的血痂，那道被梅心树的飞刃割开的轨迹渐渐呈现。目睹他受到这么凶险的创伤，虎玲兰身子一震，闭目吸了一口气，才再继续为他清洁。

"我应该跟你一起去的。"

虎玲兰说着，又换了一片干布，将荆裂那创口印干。

她期望荆裂会回答她，"别说傻话，你跟我一起去了，这城就缺了人防守。"也期望他看一眼她身上的伤。但他没有回答，眼睛也没有离开薛九牛。

虎玲兰无言地为他涂上金创草药，并用一片布条斜斜包裹在他脸上。

这时圆性也走过来，抬起荆裂的左臂，"好了，现在轮到你了。"

"不用管我，先治他！"荆裂进城以后，这才第一次说话。

"我能做的都已经做了。"圆性略一回头看薛九牛，"再等一阵子才知道如何。"说完他就去按荆裂那肿得发紫的肩关节。荆裂皱着眉不哼一声。

"我有点儿担心荆大哥。"童静悄悄对燕横说，"我从来没有见过他这样子。"

燕横心里也有同感，但没有表露出来。

——他对荆大哥那钢铁意志，有绝对的信心。

当王守仁带着弟子来到"富昌客栈"时，荆裂身上各处的伤已差不多全都上药包扎好了。王守仁因为指示县民布防，一直都在城北，直至有人通报才匆匆赶来。

他跟荆裂对视着。

"辛苦了。"王守仁说。

荆裂微微点头作答。

王守仁没再多说什么慰问的话。没有这种必要。这两个男人都很明白，在一场战争里，随时都得预备做出大大小小的牺牲。

可是有些牺牲，你还是不愿意看见。

王守仁见到年轻的薛九牛那惨状，忍不住抚须叹息。

圆性替荆裂处理好后，又回过头去再次把探薛九牛的气息血脉。

"怎么样？"荆裂着急地问。

圆性看着他，摇了摇头。

"他的脊骨差不多打断了，能活到这一刻已很不容易。即使活过来，以后恐怕连一根指头都动不了。"圆性沉默了一阵子，又说，"大概过不了今夜。"

荆裂神情冰冷地拐着腿站起来，走到薛九牛跟前。薛九牛那张陷入深沉昏睡的脸，神情犹如婴儿，比平日显得更稚嫩。

——太早了。

荆裂伸手轻轻地在薛九牛的额头上抚摸了一下，也就转过头不再看他，走向大厅的饭桌。

为了方便让众侠士补充体力，饭桌上堆着馒头、干饼、玉米等食粮，还有茶水跟大锅冷饭。

荆裂抓起饼来就大嚼，一边又盛了一大碗冷饭，用热茶泡了，呼噜呼噜大吃起来，不时又挟了一筷子的青菜塞进嘴里。

王守仁和众人都默默瞧着他吃。不一阵子，荆裂已经连尽四大碗泡饭，馒头和干饼也吃了好一堆，那胃口食量令县民侧目。

荆裂再喝了一大壶水，然后若无其事地走向楼梯。

"敌人要是来了，唤醒我。"荆裂回头朝虎玲兰说了一句，就步上楼梯进了房间，把房门关上。

童静不明所以，却见王大人、飞虹先生跟和尚都松了一口气。虎玲兰则仰着头，瞧着荆裂的房间，眼睛里露出欣慰之色。

童静瞧向燕横。

"他是要尽量让身体恢复，好迎接随时再来的战斗。"燕横向她解释。

练飞虹也点点头，看看生命已经在倒数的薛九牛。

"眼前还有一场未打完的仗。没有空沉溺在悲伤之中。只有这样，才真正对得起这个孩子。"

✕

如血的夕阳，即将西沉于山后。

野地上滚起一阵尘烟。

波龙术王骑着一头异常高大的骏马，领着二十余骑疾奔而来，他那双异样的大眼睛因迎着阳光而眯成细线，里面的瞳仁透着比平日更强烈的肃杀之气。他已然换回物移教的五色宽袍，在奔驰中迎风扬动，夕阳洒照下，尤如全身猛烈燃烧着火焰的地狱恶鬼。

霍瑶花也骑马跟从在他后面，挂在腰后的大刀随着蹄步晃荡。她的白脸没有了平常那冷傲的表情，身心似乎还未完全恢复过来。

早有十来个术王弟子等待在野地中央，围站在梅心树的尸身四周。他们已经收拾其他两名同伴的尸首，但绝不敢动梅心树半分。

波龙术王远远就看见人群中间那躺卧着的黑衣身躯。他的马如箭般离群而出，跑到人群外还有十来丈时，波龙术王的高大身体突然就离鞍跃下，乘着马儿的奔势再前跑了七八步，过程顺畅得如履平地，整个人就如没有重量的纸人儿般。这么惊人的轻功身法，术王众也是首次见他公开施展，吃惊得好像看见什么妖法一样。

术王放慢了脚步，继续朝梅心树的尸身走过来。术王众都惶恐地分开避退得远远的——他们知道术王猊下愤怒时，有多么可怕疯狂。

波龙术王的脚步越来越慢，也越来越沉重，再无平日如猫般轻盈的足势。斜阳将他本就异常高瘦的影子拉得更长。

他终于走到了梅心树跟前，缓缓半跪下来，伸出一双大手，把梅心树上身抱在怀中。

术王那张瘦削的脸变得更凹陷。嘴唇颤抖不已。两行泪水从大眼中流泻而下。他闭目。

霍瑶花也来了，跨下马鞍，按着身后刀柄，远远瞧着波龙术王这副模样。

她从来都摸不透波龙术王的情绪什么时候是真心，什么时候是假意。可是这一刻，看见他静静流泪的样子，霍瑶花非常肯定地知道，这是真情。

波龙术王唯一视作同伴的，始终就只有一同离开武当山的师弟梅心树一人。

"梅师弟……"波龙术王凄楚地低唤，当中透出那真切的悲伤情感，就连一向畏惧他如魔神的弟子听了都动容。

这一刻，术王仿佛变回了凡人。

术王五个长长的手指，震颤着摸向插在梅心树胸膛上的弯刃。梅师弟最后竟是死在自己的兵器之下，术王眼睛里充满惊疑。

"多少敌人？"他冷冷地问身后的弟子。

"我们来的时候仔细看过地上的蹄印……"那弟子战战兢兢地说，"除了梅护法一直追杀的那人外，另有一骑到来……也就是两个！"

"那边地上还有一摊血迹，可是人都走了。"另一名弟子补充说，"也就是说那两人其中一个受了重创。他们同骑一匹马离去，可见那受伤的家伙已无法独力骑马。"

　　霍瑶花听着时，又看一眼停在另一边的两条尸首。其中一人正是跟随她已久的孙逵，双手自前臂处被斩断，乃是失血过多致死。她深知道孙逵的武功斤两，那双臂的伤口都十分整齐，可见是一击之下造成。这么猛烈的斩击，她自问也做不到。

　　这时霍瑶花不禁又回想起那个肩头带着刺花的强壮男人……

　　"花……"波龙术王就在这时唤醒了她："你今天也遇过那家伙。很强吗？"

　　霍瑶花面容紧张，想了一阵子，摇摇头："我当时不太清醒……记不起来了。"

　　她这样子回答，心里已经预备要承受术王猊下的愤怒。可是术王并未再责难或追问她，只是呆呆地瞧着梅心树的脸，再次陷入沉默。

　　这时有一名术王弟子走近霍瑶花，悄声地说："霍护旗，我们还得到一个消息……"

　　霍瑶花的柳眉扬了一下："是那两个家伙？"

　　这弟子点点头，吞了吞喉结又说："有同伴报信回来，他们在北面的一条村子里……被杀了……"

　　鄂儿罕和韩思道迟迟未归，霍瑶花心里其实已有估计，但还是压抑不住心底的恐惧。

　　——这么强的敌人，前所未遇。

她看那弟子面有难色，知道他没有勇气在这种时候又向术王报告两个护旗的死讯。她叹了口气，扬一扬手。

"我来告诉他吧。"

那弟子松一口气之余，却也面露惊讶。平日遇着这种情况，倨傲的霍瑶花才懒得理他们死活，怎料她竟主动把这事扛下来，说话时甚至露出少许体谅的神色。

——这女人吃错了什么药？怎么一下子变得温柔起来？

霍瑶花走上前去，也半跪到波龙术王身旁，垂头低声说："猊下，鄂儿罕和韩思道，也都……归去真界了。"

波龙术王听了这消息，却没有半点儿反应，仍在轻抚梅心树冰冷的脸，把沾在上面的沙土抹去。

霍瑶花只能默默地等待他。

好一会儿后，波龙术王才擦去脸上的两行泪水，神态也恢复平日的样子。

"花，你看我们要如何应付？"波龙术王从来只有下命令的份儿，从没有这样向部下询问意见，霍瑶花很是讶异。

她抬头瞧着术王。术王虽已恢复冷静，但霍瑶花看得出来，他的面容比从前略显得柔和了。是因为梅心树之死吗？

霍瑶花想了一想，回头示意四周的手下退得远一些。摒退众人后，她低声向术王说："猊下，我们如今剩下的弟子只有百人，马三十来匹，而且折了梅护法等三个将领，不管攻城还是野战，都没有很大把握。敌方更有几个顶尖高手……"

说到这里，霍瑶花顿了一顿，看看波龙术王的脸色，才再说下去："我记得猊下早前已说过，这吉安府庐陵县已经被我们取用干净，不久就要再去找另一个地方。别说天下之大，就单是这一个江西省，可占据的地方都还多得很，其实我们何必——"

一瞬间，霍瑶花察觉术王的眼神变化。

但她绝不敢躲他这巴掌。

波龙术王手掌奇大，这一巴掌比先前更猛，不单掴得霍瑶花半边脸赤红，手指还打到她耳垂上，一只小小的雀鸟状的金耳环飞脱，她破裂的左耳垂涌出鲜血来。

"我自己要走是一回事；被人家赶跑，这种事绝不会发生在堂堂物移教术王身上！"

波龙术王说时站了起来，高大的影子把霍瑶花整个人都覆盖了。

霍瑶花捂着耳朵，身子在地上蹲缩着不住地颤抖。

——她知道自己已是术王如今唯一可依赖的头目。但这并不足以保证术王不会杀她。

"那些'高手'，你想他们会有什么结果？死？不只如此！他们每一个被斩下的头颅都会被贴上'化物符'，都会成为梅师弟在真界的'幽奴'！庐陵县城将要变成连老鼠都活不下去的废墟！我会用一整个城的风干尸骨，筑成梅师弟的墓碑！"

波龙术王说完后，疯狂激动的神情却又迅速变回先前那带点温柔的样子。他从五色袍的小口袋里掏出一条方布巾，给霍瑶花按住伤口。

霍瑶花惊慌地接过，慢慢站了起来。

"花，你没说错。将领和兵力我们都已耗损太多，不能贸然跟他们正面交锋。"波龙术王那好听的声音里充满了理智，很难令人相信跟先前是同一人，"人和已失，我们就得争取地利。"

霍瑶花不明白术王所说的"地利"是什么，却随即看见他伸长手臂，指往南方远处。

青原山的方向。

✕

已经到了入夜前的一刻，朗朗天空只剩微明，星星也都现身了。

就在关王庙前的空地上，童静于晦暗之中，一遍接一遍地把乌哑的"静物剑"刺出去。金属擦破空气，发出犹如尖哨似的鸣音。

练飞虹左手反提着佩剑"奋狮剑"，站在她剑尖正前方，童静的刺剑伸尽之时，剑尖仅距练飞虹的身体数寸。他既是要做童静的目标，也是要从敌人的角度去观察她的整个动作。

盖着半白眉毛的双目，密切地注视童静身体四肢的每分移动。练飞虹再无平日顽童似的神情，他一旦认真教起来，苍老的脸就如同庙里天王神像般严肃。

童静一次又一次作势虚攻，然后贯劲实刺。同一组动作，自上午至今她已经反复练了超过一千次，开始掌握练飞虹教授她这招"半手一心"的虚实互变之道。

——从前童静学武时贪多务得，总爱追求新鲜的招法，绝无这般单调苦练的耐性；自从跟着燕横学剑这大半年来，才终于明白武学的道路，就是如此铺筑，别无他法。就如人走千里的远路，也没有什么花巧，只是重复地一步一步踏出去。

"不行！"练飞虹吼叫，"那节律太单一！错过时机了！"

童静咬咬唇，全神贯注于虚实转换的拍子之上。那佯击的虚招，要何时变成实击才最致命，当中有着甚微妙的界线，却又难以真正量度，只能用心感受。

这次童静的拍子打对了，可是练飞虹又摇摇头，"这次佯攻的姿势不够像样！骗不了敌人！"

一六五。

童静强憋着闷气，只好又继续练下去。这招"半手一心"之难，在于既要令敌人深信最先的虚攻是真，又要精确掌握对方被骗时最脆弱的一刹那攻击，除非已经极为熟练，否则很容易就顾此失彼。然而童静才不过练了半天。

　　一可是没办法。所有真正能够投入实战的招式，都要在同一瞬间面面俱到。任何一方面弱了，就等于一条铁链中的一环有了裂痕，不管其他环节多么强，一拉之下还是会断掉。

　　童静全神贯注地再使一次"半手一心"。

　　"这次左臂太夸张了！"练飞虹又叫起来，"敌人一看就知道是假！"

　　童静的一张头巾已经渗满香汗，脸蛋在晦暗里红透了。她忍不住反唇相讥，"老头子，天这么黑了，你那对昏花老眼怎么看得真？诳我的吧？"

　　练飞虹露齿而笑，指一指空地旁那棵大树的上方，"我现在就用飞刀把上面一个青果子射下来，怎么样？"

　　童静无言。她知道练飞虹绝对做得到。

　　这时有灯光接近过来。原来是一名负责守城的中年县民，一手扛着竹枪，一手提着灯笼。

　　"两位侠士，这灯笼给你们用……"他说着就将灯笼挂在大树干上，照映到两人练剑之处。

　　"谢谢。"童静微笑着对他说。

"别废话！再来！"练飞虹却看也不看那县民，他一专注于练武上时，对不相关的旁人简直不瞧一眼。

童静擦一擦手掌上的汗，再次振起"静物剑"。

那县民很好奇，既然飞虹先生又不赶他走，就在旁边看童静的剑法。只见这个女孩一晃身子手臂，县民已经被虚攻气势吓得后退了一步；下一刻再定神时，童静已收剑。

——那刺击的速度，在这平凡人眼里，看也看不见。

这简直就如难得一见的神奇戏法一样。中年县民入迷似的一遍一遍看着。虽然半点没有看懂。

童静又练了几十回，手上的剑开始在颤抖了。练飞虹看见就让她休息。

这"半手一心"是巧招，要锻炼的是细技协调，负着疲劳去练只会令她感觉变钝，适得其反。

童静把剑收入鞘里，坐在树底的石上，取出手帕来抹抹脸，一边在叹息，"总是练不好……这样真的能够拿来上阵吗？我不要成为大家的拖累。"

练飞虹本来正低头检视自己受伤的右手指掌，听见童静这句话，就伸出"奋狮剑"，指往东面的街道。

"看见他了吗？"

童静看过去，只见那远处大街已经陆续挂上灯笼照明。其中一座房屋的瓦顶上，有条身影提着两件长物，一动不动地站在边缘。

虽是这么黑又这么远，童静还是一眼就认出来：是燕横。

"你有没有留意，自从昨晚之后他就变了？多了一种从前没有的气质？"练飞虹又说。

童静当然有留意。她想起当天在成都马牌帮，她就是被燕横那气势与热血吸引，才会跟着他们一直走到现在。然而今天的燕横又与那时候不同了。

——变得更让人信赖。

一想到这儿。童静在灯笼下的脸发烫了。只是她本来就因为练剑热得脸蛋通红，也就没被练飞虹发现。

"他能够改变，你也一样可以。"练飞虹说，"一个差劲的家伙，不会变成别人的拖累。对自己没有信心的人才会。

"你还记得在西安那妓院屋顶上，当你的剑刺中那名武当派剑士的手腕时，心里是什么感觉吗？"

童静回想那一天，自己自然而然地模仿姚莲舟，以"追形截脉"废去武当"兵鸦道"高手焦红叶右腕的时刻。那完美的时机与角度。那一击取胜的宏大快感。

她心胸似燃起了一团火，朝着练飞虹猛地点头。

"记着那感觉。"练飞虹说，"也记着你练的是崆峒派和青城派的剑法。天下最强'九大门派'的顶尖武功。"

童静捏捏右手掌腕，感觉已不如先前酸软。她英气的双眉皱着，再次拔出"静物剑"站起来。

"继续练。"她说着，自行走到空地中央。

练飞虹看着她，心里在笑。

有一件事情他一直没有告诉童静：他是以一个修习了崆峒派"花法"三年以上的武者为基准，去检视童静这招"半手一心"的程度。她这半天的进境，其实已经十分惊人。

——教一个这样的徒弟，实在太快乐了。

"来吧！"练飞虹又板起脸吼叫起来，"这次干得好一点给我看！"

✕

屋顶上的燕横，赤着汗水淋漓的上半身，继续一动不动地站着。

他双手拿的并非"雌雄龙虎剑"，而是两柄长长的锄头。他两只手掌都拿到锄柄最末端，摆出青城派"伏降剑桩"的姿势。脚下是不平的瓦片，他更要时刻保持重心正中与体干正直，默默调节着绵长的呼吸。

这"伏降剑桩"除了强化身体机能，更重要的是具有锻炼意念集中的功效，连同"伏降剑"的慢剑法，是青城派训练意念"借相"的不二法门。

昨夜一战后，燕横虽然领会了"雌雄龙虎剑法"的决窍，也知道了剑法的奥秘脉络全都在青城派的各套剑术里；但他同时也明白，自己的"雌雄龙虎剑"只是入了门径而已，虽然偶然能发挥出神髓，但并未能随心控制。

　　更何况这未成熟的"雌雄龙虎剑"，还欠缺了"借相"。师尊何自圣当天使出这剑法时，其"借相"飞龙与猛虎的功力，强得足以令旁人都感受得到。燕横知道，这才是令剑法的气势与威力更上一层楼的关键。

　　师父的"借相"如此强烈的奥秘，燕横还没有半点头绪。"借相"要拟想一般的实物如火焰或岩石比较容易，可是他连老虎也没有见过。

　　燕横却相信，师父的功力跟有没有见过实物无关。世上无龙，但师父的"穿苍破"却有龙势。他猜想，这秘诀还是藏在青城派的武学里，他需要重新再复习自己在青城山上学过的一点一滴。

　　燕横一双肌肉如钢条的手臂缓缓移动，又转换了另一个剑桩的架势。他清晰地感受到身体里血液的流动与气息的进出。

　　不。他知道不能只把意念放在肉体上。要进入更深的层次。要将自我也消弭。

　　如王守仁所说，让自己与天地万物之理，同化为一。

　　在毫无桎梏之处，一道全新的大门，将会打开。

✕

成排的灯笼之下，六十多人同时叱喝的声音，在夜空中响亮。

一丛丛竹枪、锄头、棍棒，举起又落下。

"就是这样！一定要发声吐气！"

圆性扬起齐眉棍，又再向众多守城的县民展示少林"紧那罗王棍"里最简朴的两式：他低呼一声，迈上左足，长棍从头顶朝身前中央击下，正是"顺步劈山势"；紧接吐第二口气，那弓步再往前一沉，以"穿袖势"刺出六角状的包铁棍首。

"记着，劈打的时候，两腿要大大张开，头和上身却不要前倾，否则打空了，自己向对方跌去，那可太糟糕！"

圆性又示范了一回，为了让众人看清楚动作，只用了平日两成的力量与速度，但因为身姿正确，仍然令人感受到极强的威势。

"这一劈容易得很，就跟你们平时耕田差不多。可是别打到地上去！敌人又不是地里的瓜，没长那么矮！"

县民听了都不禁哄笑。他们最初看见这和尚入城时，只觉他容貌威猛粗野，半点儿没有出家人的气质，心里有些害怕；但接触久了，发觉他跟荆裂等人同样不拘小节，说话语气也跟他们这些市井百姓无异，感到很是亲切。

有个只有十四岁、胡子都没开始长的小子，大着胆子向圆性问："大师……你真是少林寺出来的吗？"

"什么大师，叫我和尚！"圆性摸摸那颗已经长出一层薄发的光头，"不过是个不大会念经、只会耍棍棒的和尚。也吃肉呢，你家里藏着些什么好吃的东西，尽管拿来！"

又是一阵大笑。千年武学泰斗少林寺，远至这江西的小县也都知道。如今有少林武僧加盟，还亲自教他们习武，令士气提振不少。

"那帮匪人，没什么大不了的！"圆性又振振棍棒高声说，"对方两个魔头，我打个呵欠就收拾了！你们好好练我教的这两招，保准每人也打几个回去投胎！"

众县民兴奋起来，就凑对练习这两式"紧那罗王棍"，打得竹木交响。

圆性在一旁看着他们，却无法完全掩饰忧心的神色。

他没有忘记早上在车前村接下的那颗毒物"云磷杀"。在来县城的途中，他已经找一片无人的野地，挖了个深洞，把那蜡丸埋了。

敌人有这般可怕的屠杀兵器，要是在县城街巷展开攻防，恐怕伤亡必重；即使得胜，整个城也可能化为不可再居住的死城。

——他们当中，会有多少人牺牲呢？……

圆性下定决心，要尽自己一切所能，让最多的人存活。

即使身入地狱。

✕

在"富昌客栈"大厅里，虎玲兰将那新造的三十二枚箭矢排在灯火下的地上，逐一检视。

她带来的劲箭只用剩十来枝，因此拜托了庐陵城内的妇孺为她造箭，并指点他们造法。本来造出了五十枝，但有的手工实在太差劲，虎玲兰最后只挑选了这一堆来。

时间紧迫之下，县民自然不可能铸冶金属的箭镞，眼前这些都只是用骨头磨尖而成。箭杆倒是削得不错，大部分都很笔直，粗细也适中。箭羽有的找到大鹅毛来造，有的却只用杂等羽毛拼凑贴成，良莠不齐。

虎玲兰再逐一仔细检视每一枝的手工。她心里估算，这等粗糙的箭，只能在大约二十步之内才有足够的穿透杀伤力和准绳。但有总比没有好。

虎玲兰被霍瑶花砍伤腰眼，直到现在还是每走一步都痛。虽说武者长期锻炼，身体的血气和复原力远超常人，但这种伤不是一天半天就能痊愈。没法子大步奔走发力，她那阴流刀法就难以发挥。日内一战，虎玲兰估算将要倚仗弓箭。

她左掌曾经在危急中抓过霍瑶花锯刀的尖刃，同样是伤得厉害，虽能勉强握牢弓把，但仍会影响拉弓瞄准的能力。她要想办法用其他东西，把弓和手掌固定起来。

虎玲兰挽起长弓，轻轻弹动那弓弦，发出一记记很好听的低鸣。她蓦然想起从前在萨摩国，当自己还是童静这个年纪的时候，跟几个兄长和弟弟又五郎去狩猎的情景。

她其实不喜欢打猎，每次最后都只有她一个人没有猎物。其实兄弟们不知道，她每次放箭都刻意射偏，让箭矢在猎物身旁擦过。为了吃饱而猎食是一回事；用没有反抗能力的猎物去证明自己的武勇，她则认为很无聊。

虎玲兰只是喜欢跟兄弟们一起出外；喜欢那山林的草木芳香；喜欢他们和家臣把她视作武士里的一员。

可是已经不可能再回去了。

她看看仍躺在大厅另一边的薛九牛。那年轻的身体已经盖上草席，没有气息的脸被掩藏，冰冷地一动不动。

这让她想起同样冰冷的弟弟的遗体。

——又五郎……我已经不再管你是否原谅我了。现在我的生命里，就只有他，还有这些同伴。岛津家不用我来守护。我已经找到自己真正要守护的东西……

她再次抬头，望向荆裂正睡在里面的房间。

看见荆裂所受的伤，她只感心痛。比自己身上的痛更难受。

虎玲兰感觉心胸热起来。她多么想马上就奔进那房间，拥抱荆裂那受伤的身躯。

可是不行。她很清楚，现在他需要的不是慰藉，而是继续保持奔腾的斗志；她能够支持他的，也不是靠拥抱，而是刀和弓箭。

这些，她都绝对能够给他。——任何人要再伤害他，都得先越过我。

✕

他又再次梦见那个岩岸。

在冷冽的暴雨之下，面向涛音不息的黑夜，荆裂一次又一次地在岩石上，使出他今天两度杀敌的舍身刀法，不断地复习每条肌肉运动的感觉，要把整个过程都烙印到神经里，好使身体永远不会忘掉。

——即使现实中的他，只是大汗淋漓地躺在睡床上，精神与意念却自然地被修练的强烈欲望驱使着，要趁那刀招的记忆仍然鲜明时，在梦中拼命练习。

荆裂每一次出刀，身体就掉落在湿滑的岩石上，好几次几乎摔出崖岸的边缘。但他没有被恐惧打倒，仍然爬起来，提着那柄意义深重的厚背雁翅刀，又再摆起野兽似的预备架势。

深陷在修练的挫折与狂喜之中，荆裂并没有察觉，一团火光是何时来到自己的身后。

他回头。火把上的烈焰猎猎跃动。雨水打在火上化为蒸汽，却怎么也无法把它浇熄。

拿着火把站在他跟前的，不是别人，正是师叔裴仕英。

"师叔，你看见了吗？"荆裂极兴奋地振刀向裴仕英说，"你教我的，我做到了！就像你说过：去学所有值得学的东西，然后把它们变成我自己的东西！你为我高兴吗？"

裴仕英半隐在火光后的脸却僵硬，没有回答他。

荆裂想起来了：跟裴师叔分别的时候，自己只有十五岁。裴师叔根本认不出他现在这个模样。

"是我！"荆裂把湿透的辫子拨向脑后，尽量朝裴仕英露出脸孔，"认得吗？是裂儿啊！"

这时荆裂仔细瞧裴师叔，才知道他为何不答话。

裴仕英的左边喉颈处，裂开一个又深又长的干瘪伤口。

是武当派的剑砍下的。

荆裂哀伤流泪，与脸上的雨水混成一体。他欲上前去拥抱师叔的残躯。但裴仕英伸出手掌止住他。

裴仕英指一指颈上的剑伤。

裴师叔虽然半个字都说不出来，但荆裂听得出他心里的声音。

——要记着，你追赶武当的路途还很遥远。你什么都还没有完成。包括这个刀招。它还要继续成长下去。

多么令人怀念的声音。荆裂不能自已地跪了下来，低头痛哭。

连雨声和涛音，也无法掩盖那悲痛的哭泣。

裴仕英冰冷的手掌，按在荆裂的头上。

——可是这不代表你不可以笑。你的生命里还有其他东西。

荆裂止住了哭泣，仰起头来看师叔。

——让我看看你从小就露出的笑容。它也是你贵重的兵器。就像这浇不熄的火一样。不要忘记了它。

裴仕英将火把交到荆裂手上，身体就慢慢后退，隐入黑暗的雨幕之中……

荆裂从睡床上缓缓坐起，伸手抹去满面的泪与汗。

他朝着洒入月光的窗户，再度掀起了嘴角。

第八章　大旗

王守仁习惯黎明即起，梳洗和穿戴整齐的衣冠后，就在房间内闭目静坐养气。

不管是处理官务、传授讲学、读书和思考学理，都必须有充足的精神。王守仁思想虽不拘泥，做事处世随心性而行，但对自己绝对严谨。

清早的阳光已从窗外照进，映在他的瘦脸上。那五官平凡但镇定如坚岩的容貌，泛着一股凛然不可犯的充盈正气。

他睁开眼来，站起整一整衣衫，往腰间挂上长剑，也就推开房门走出去。

年轻的门生黄璇早等候在门外，恭敬地行礼，"先生早安。"

王守仁微笑，带着黄璇往这借住房屋的大门走去。在走廊上，黄璇瞧着老师的背影，每一天早上他看见恩师这仪表姿态，都不禁心里庆幸。

——得以跟随一个这样的老师，不枉此生。

"你很有精神啊。"王守仁这时说。

黄璇答道："是！"不免得意地握一握佩剑。他彻夜与其他五名同窗都在轮流指挥县民防守，只小睡了一个多时辰，但毕竟年纪仍轻、脸上未有倦容。

这一趟跟着先生来到庐陵，竟有这番遭遇，黄璇感到就如投身千军万马的战事中，一颗年少的心很是兴奋，就连前一夜面对魔头波龙术王的恐惧都忘却了。

王守仁虽没有教过这些弟子兵书战法，但平时悉心开导之下，他们已训练出条理清晰的心思，王守仁下达讲解防守之策时，六人一点即通，并懂得如何向县民传达。假如没有他们，要靠王守仁一个人在城里四处奔走，守城的准备恐怕到现在还没有完成。

这正是王守仁理想中的"士"：一理贯通，万物之理皆可明了。

"先生要先吃个早点吗？"黄璇问。

"在城里先走一圈再说。"王守仁想再视察一遍，也好看看还有什么良策可以想出来。

他们走了两个城门的防守点之后，正准备朝西门去，在街上却见有四人匆匆迎面奔来。

"王大人，找到你太好了！"其中两人带着武器，是负责守城的保甲，既高兴又有点紧张地带着另外两人前来。

只见那两人农民打扮，一身衣衫都已被汗湿，看来跑过不少路。其中一人比较高瘦，仍戴着草笠遮住脸容。

那没戴帽的农民先说话，"小的是西面罗门村人，名唤罗贵，带来了这位……兄弟……"说着就指一指身旁那人。

那人取下草笠，露出一张年轻的脏脸，恭敬地拱手垂头，"王大人，认得小人吗？"

王守仁一见，双眼亮了起来。这人正是昨天被燕横的"虎辟"脱光了衣服的那个唐拔，孟七河的亲信部下。

"小人与二十几个兄弟，昨晚已乘夜到达城西那村子，先行探路和张罗准备。我们孟头领与全体伙伴，今天午时前也会陆续到来。"

王守仁听见唐拔这番话，胸膛间升起一股热力来，正要开口答谢，唐拔却止住了他。

"孟头领让我传话，王大人千万别提感谢。他说，'是我有负王大人的承诺在先，王大人竟然不舍弃我。这恩德怎么还也还不完。'"

唐拔说时紧捏双拳，眼眶已然红了：

"他还说，'应王大人的招呼，这一次，我们要重新活得像个男人！'"

王守仁知道此时不用再多说什么，只是用力拍一拍唐拔的肩膀，"我期待再跟他见面。"

旁边的黄璇知道，这年轻小子就是老师提过的那伙山贼。他们竟真的受到王守仁的感召，赶来庐陵拼上性命！黄璇身为他的弟子，更感到无比自豪。

唐拔又向王守仁解释，孟七河那一百人分开小批到来，并且不直接入城，是顾虑到县城可能有敌人的探子暗中监视，最好还是让对方尽量低估这边的实力。罗门村只在县城西面三里多外，随时能够给予支持；万一敌人来攻城，他们更可从旁突击，里应外合。

孟七河心思如此缜密，王守仁心里不免嘉许。

——当初劝他去应武科从军，果然没有看错。

那个农民罗贵听了王守仁和唐拔的对答，这才松了一口气："原来真是王大人的朋友……昨晚吓煞我们一村子的人了，这么一伙凶巴巴的汉子，突然就入了村，还说要借我们的地方住……"

王守仁他们听了都大笑起来。

唐拔这时说："小人得先回去，为其他兄弟到来做准备。我们另派了两人在城外察看，如果有什么危急事情，请在西门上面的城墙生一堆烟火，他们看见就会通知我们。"他说完再朝王守仁敬个礼，戴上草笠，跟着罗贵往来路走去。

一天之内就增加了一百人的战力，更是一群惯于刀口求存、活在山野间的强悍汉子，并且多了孟七河这个八卦门好手，王守仁脸上洋溢着兴奋之色。

——更让人高兴的是：我没有信错这个人！

"快去将这好消息告知荆侠士……不，他正在休息，还是先去找燕少侠，他知道了一定很高兴……"王守仁正在吩咐黄璇，这时却听到一阵极紧密的敲钟声。

是敌袭的信号！

"在南门那头！"黄璇惊呼。

"你快赶上去叫住唐拔那两人，吩咐他们先别出城，以免给敌人发现！"王守仁向他下令，自己则带着两名保甲朝南奔去。

王守仁走这街道，正好路过"富昌客栈"，只见虎玲兰的高大身影从大门跃出，背上带着野太刀，腰悬箭囊，手提长弓，向王守仁一点头，一起也往南门走去。

他们到了城门，看见门后那些防御用的竹排，窄道两边都布满紧张的县民，一个个神色惊慌地拿着武器和投掷用的石块。城门上方墙头也排满了人。

"不用慌！"王守仁大呼，"只要按着我跟各位侠士的指令去做，绝对不会被他们攻破！"

虎玲兰和王守仁一前一后登上墙头去。王守仁留意到，这位东瀛女侠的步姿还是很不自然，看来是忍着尖锐的痛楚奔跑，那腰肢用了许多层布条紧紧包裹着。

上了城门顶，只见圆性和王守仁的门生朱衡正在向东南方远处眺望。他们今天负责一起守备这道南门。

——燕横、练飞虹和童静则仍留守东面与北面的城门。他们此刻也已听见信号，并进入备战状态，密切注视着其他方位是否也有敌人袭来。

王守仁站在圆性身边，也朝东南面看过去，只见远处大道上扬起来一股烟尘，绝对是马队。

"可是看来太少了。"圆性说。

"也许只是声东击西。"王守仁点头同意，"朱衡，叫下面的人备马，随时让圆性大师和岛津女侠赶去别的方向支援。"

"我不会骑马。"圆性搔搔光头，朝王守仁笑了笑，"不过倒跑得很快。"

王守仁瞧瞧圆性。昨天发生了太多事情，他也没什么机会跟这位少林和尚谈话，但只见了几面已经感到，圆性跟荆裂他们都是一般豪迈的性情中人。

圆性其实不大清楚，身边这位姓王的大官是什么人。他只知道：**既然荆裂他们能信任他，我也能信任他。**

"大师跟荆侠士他们是如何认识的？"王守仁眼睛仍盯着远方的马队，同时好奇地问。

圆性搔了搔胡渣子，"大概是因缘吧？我太师叔是这么教我的。"

王守仁微笑点头，"对。是缘分。"

那马队接近了，看得出只有七八骑，晨光映出那一件件飘扬的五色怪袍，是术王众没错。其中一人更举着一面旗帜，上面有用人血涂画的物移教红色符文。

在城门顶上，虎玲兰掏出一根布带来，将长弓的把柄跟左手绕圈缠紧，自箭囊掏出一枚长长的乌羽箭。

　　墙上防守的保甲和县民全都躲在突出的垛子后面，偷瞄着远方的来敌。他们这里大概有五十人，远比对方多出数倍，可是心里始终对于肆虐已久的术王众甚是恐惧，不少人的腿都在发抖。

　　"王大人也请站在垛子后。"其中一个保甲急忙说，"那些妖贼，我听说他们的箭矢暗器很厉害……"

　　王守仁却毫无惧色地站在原位。他知道，要减除县民的恐惧，唯有自己走在最前面。

　　那八骑到了城门外四五十丈就停下来，只有一骑继续缓缓踱步走近，直到约二十丈处才止步。

　　这名术王弟子年纪较长，看样子已经四十出头，面相很是古怪，一双眼睛一大一小，嘴巴歪斜，露出两排不整齐的黄黑牙齿。

　　——他这副歪脸，是有次服物移教的药物过了量，令脸庞一边肌肉紧缩所致，没死掉已是幸运。

　　"城里的人听着！"这术王弟子朝城门上高叫，那声音响亮得很，一张歪嘴咬字还是十分清晰，"我来是为波龙术王猊下传话的！"

　　城上众人听见只是使者，却没有半点松懈。他们都深知波龙术王如何邪恶狡诈。

　　"猊下圣言：你们这干不知来历的家伙，胆敢冒犯教威，损我弟子，盗我马匹！猊下与众弟子如今坐镇青原山'清莲寺'里，等候你等众人上山，献出头颅来！"

　　王守仁听了很是意外。他跟荆裂一直都在思量，要怎么把战场转移到对方的本阵，以免敌人的毒物危害县城百姓。怎料现在对方竟主动邀请他们进攻。

　　圆性却哈哈大笑，"我们为什么要听你的话呀？你们没有腿脚吗？自己不会过来？"他心里也希望反守为攻，故意这样说，是避免被对方看出己方的意欲。

　　"你们当然可以不来。"那张歪嘴狞笑着说，"不过我们昨夜已经到过青原山以东的泗塘村，将那村子里四百一十三口人都赶上了'清莲寺'旁的空地。每半个时辰不见你们上山门来，我们就随意挑一个来杀。呵呵，有这么多个，你们大可等十几天才上山，到时候大概还有些剩下来。"

　　王守仁愤怒得须发戟张，目中如同冒出火焰。

　　——这帮禽兽的心灵，已然被欲念吞噬，无可救药。

　　虎玲兰怒然搭箭拉弓，瞄准了那术王弟子的眉心！

　　"别乱来！"那术王弟子伸出手掌挡在脸前，"我们这八人，要是有任何一个回不去，或是回去时身上少了一丁点东西，术王猊下在午时后就会先处决一百人！"

虎玲兰挟着箭尾的手在发抖。最后她还是慢慢将弓垂下来。

圆性也是愤怒得胸膛起伏。他自小出家，不懂世故，但自从下山之后，一次又一次遇上更歹毒阴险的恶行，蓦然叫他想起从前在少林寺里，师长们向他讲过的佛法。

——要渡众生，果真是千难万难。

城垛后有人发出悲鸣。原来其中一个县民，他的妻子娘家就在泗塘村。

"我还忘了说……"那术王弟子垂下手来，又得意地笑着说，"杀人是从今天黎明时分开始的。我们来这里的路上，大概已经有三个人去了真界当'幽奴'了……嘻嘻，你们要什么时候上来'清莲寺'，自己打算吧！"

他说完就掉转马首，与同伴策马离去。

"得马上去找荆侠士他们。"王守仁深深吸了一口气，强压着心头的焦急与暴怒，"必须得出城了。"

✕

虎玲兰赶回"富昌客栈"，却发现荆裂那楼上房间的门早已开着。

"荆侠士在警号响了不久后就醒来了。"客栈里的大夫说，"马上又大吃大喝了一顿。他在薛九牛跟前站了一会儿，然后唤人把马拉来。他说要去衙门，不知道是什么原因。"

　　虎玲兰听了立刻出门上马，往县城衙门的方向奔去。

　　同时，圆性、燕横、童静、练飞虹，还有王守仁与他的六个门生，都已紧急齐聚在关王庙前那片空地上。众多保甲县民则在空地外头观望。

　　"我已经吩咐唐拔，马上去催促孟七河跟部众全速赶来。形势已经变了。"王守仁说时，手掌紧捏着剑柄，掌心都是汗水。

　　——四百多条人命，悬于一线。

　　燕横和童静听到波龙术王挟持人质的事情，少年的心也都涌起热血来。每迟一刻过去，就意味着有更多的人死去，他们恨不得现在就跨上马去青原山。

　　飞虹先生清楚地知道他们的心情，因为他自己也是一样。但老练的他平静地告诫二人，"不要焦躁。急就会乱。这正是那魔头希望我们犯的最大错误。"

　　"会不会是计策？"朱衡在王守仁几名学生里年纪最大，思虑也最周详，"那魔头想把几位侠士都引诱过去，再来偷袭这城？"

　　"不。"练飞虹断然回答，"他因为折了三个好手，知道主动进攻占不了便宜，就想请君入瓮，利用地形去抢回优势。到了这种时候，他眼中最重要的事情必然就是杀死我们几个。一旦我们不在，他要屠城就轻易得很，没必要先来强行攻城，消耗自己的战力。"

"正好！"圆性猛力把齐眉棍拄在地上，"在他们那边决战，就不用顾忌毒物会伤及城内妇孺。而且我们几个人本来就不适合防守。进攻才是我们最拿手的事情！"

童静听了不禁猛点头。她这两天一直呆在这围城里，早就失了耐性。

"没错。"王守仁捋须说，"最初我跟荆侠士也是这样想，而且我们多了一百名生力军，主动进击更有把握。可是还需要对策……"

就在此时，外头的人群往两边排开来，两骑踱步而出。

当先一骑之上正是荆裂。只见他整副打扮装备都改变了：头顶一片黑巾，把辫发包束起来；脸上斜绕着一块黑色的长布条，将刀伤裹住；受伤的左肩和右膝都用皮革和铜片造的护甲紧束固定着，减少移动时生痛，又可抵受一定的冲击；肩背披着一件全黑的长披风，为的是要掩藏挂在胸前的受伤左臂；身体其余各处也都穿上或绑缚着黑布，为的是防范敌人的带毒暗器。他骑着本属梅心树的那匹黑马，人与马儿仿佛一体，如非白天，会让人错觉是个极高大的黑影。

他背后挂着长长的倭刀，更长的船桨则像枪矛般提在右手上；其余腰间和马鞍旁共挂着三柄不同的刀，还有梅心树的那串铁链飞刃。

　　荆裂刚才去衙门后的仓库，是为了翻找里面收藏的保甲用兵械，选出这些兵刃、护甲和衣饰，并由虎玲兰为他穿上。

　　带着刀弓的虎玲兰骑马紧随其后，一身红衣的她与荆裂成强烈对比。这一对英勇精悍的男女侠士，令县民看了都不禁赞叹。

　　二人前来空地下马。荆裂的步伐虽然还是一瘸一拐，但因为膝盖关节用护甲固定着，走路比昨天轻松多了。

　　"昨天的事，还没有感谢你。"荆裂朝圆性点头，"痛楚减少了。少林果然不简单。"

　　圆性好像满不在乎地耸耸肩，但其实心里很高兴得到荆裂的赞赏。

　　"不错，我们确是得到了反守为攻的契机。"荆裂向众人说，"可是你们先得知道，那'清莲寺'的地形是如何，摆在面前的是个什么样的难关。"

　　他把船桨交给黄璇拿着，坐在石头上，伸指在沙土地上画出前夜冒死探得的"清莲寺"地势；那狭隘的山门与门后的广阔空地；寺前的溪河与"因果桥"；还有寺后三面无法通行的峭壁。

　　只有正面唯一的通道，却又极为易守难攻。就好像硬要将手伸入狭窄的瓶口取物一样。

荆裂讲解完了，众人都沉默下来。术王的人马虽然只剩大概一半，但守着这般地形，战力将会变成平日的四五倍。

——而且不要忘了，里面还有一个可怕的波龙术王。

一次比一次，更严峻的挑战。但没有退避的理由。

最先打破沉默的人，是燕横。

"比起姚莲舟和武当派，这也不算什么。"

此语一出，六人眼睛一亮，相视而笑。

尤其荆裂，再次展露出那灿烂的笑容。众人见了都宽下心来。

这时有几个妇人，抬着一卷长布走到空地里来。

"做好了吗？"童静高兴地大叫，"太好了，快把它挂起来！"

那布卷展开，原来是一面用粗布缝拼而成的大旗帜。关王庙前就有根旗杆，几个县民在童静指挥下爬了上去，七手八脚地将那旗帜挂上。

"是什么东西？"燕横问童静。

"是城里的妇人要送给我们的，也是为了壮壮防守的声势。那波龙术王有个这么吓人的外号，我们也不能输。"

旗帜在晨风中飘动，可见上面以黑炭涂了四个歪歪斜斜的大字：

破门六剑

"是你想的？"练飞虹问，回想起昨天偷偷看见童静在沙地上写字，恍然大悟。"什么意思？"

"我们几个不是失掉了门派，就是离家出走。"童静挤挤眼睛笑起来，"所以我就想到这么叫了。很贴切吧？"

"为什么是'剑'？"圆性皱起浓眉，"我又不用剑。荆裂跟岛津小姐也不用。"

"没有关系啊。"虎玲兰微笑说，"在我家乡，刀也就是剑。"

"本来是'破门五剑'的，因为我们五个里面有四个都是剑士！不过既然和尚你也来了帮忙，才姑且让你凑进去，应该多谢我啊！"童静故意气圆性说，"而且，'剑'比较好听嘛！"

荆裂看着旗帜，那"破门"二字，对一般人来说好像不太吉利，但他天生就离经叛道，也不信邪，这么豁出去一无牵挂的形容，正合他的心意。

他跟燕横对望了一眼，回想起当天联袂下青城山的时候，只有他们两人；现在六个同伴齐聚，还能为这般有意思的一战生死与共，实在快意。他们不禁相视而笑。

六人虽然好像嬉闹成一团，但其实看见这四个在风中飘动的大字时，心里都顿生豪气。他们确是离开了家园或门派的孤客；如今在这名号之下，紧紧连结在一起，身心溢满了同伴互相扶持的温暖感。

　　——你的生命里还有其他东西。

　　荆裂回想梦中师叔说的话，默默朝着那旗帜点头。

　　"王大人，你看这旗帜怎么样？"童静问王守仁，"我……没有做多余的事情吧？"

　　王守仁瞧瞧关王庙四周的庐陵百姓，他们也都正在仰望这面旗帜。那神情仿佛看见了希望。

　　"童小姐，干得好。"王守仁笑着回答。

　　"每时每刻都有人要死。我们随时准备出发。"荆裂收起笑容说，立刻又把众人带回严酷的现实。空地上的气氛恢复先前的凝重。

　　荆裂从黄璇手上取回船桨。

　　"王大人，这次作战的策略，全靠你了。我们都是你调度的棋子。"

　　王守仁那双包含智慧与气魄的眼睛，与荆裂对视。

　　"我看见荆侠士刚才所画的地形图，已经想出几个方略。"他说，"一城生死，就在此一战。"

　　"不管王大人决定了什么战策……"

荆裂说着，与五个同伴在"破门六剑"的大旗底下并排而立，一齐朝王守仁躬身。

"请把当中最危险的使命，交给我们。"

《武道狂之诗》写到这第八卷，以字数计算已经成为我历来写得最长的一个小说系列，超过了之前的《杀禅》。相比一些前辈名家可能不算什么，但对我个人来说却是一个颇有意思的纪念。

　　从前八卷《杀禅》，我花了十多年时间去构思和写作；今天的《武道狂》，从二零零八年十月到现在，同样是八本，写了两年多。这两年多，仿佛比先前十几年的写作生涯加起来都要充实。老套点形容，好像坐上了另一个档次的跑车。

　　回想《武道狂》面世的几个月前，二零零八年夏季香港书展，我连新书都没有推出，好像彻底变成了局外人，陷于职业生涯的一次低谷。

　　不过这也让我看清了一个事实：写小说，是我唯一能够掌握。并以之证明自己存在价值的东西。就像剑，之于剑客。

　　如今回忆当时的心情，好像相隔很远。这部卷八出版的时候，《武道狂之诗》的漫画版已推出了，整个多媒体的改编计划开始启动。诚实地说，确是朝着梦想踏近了一步。但同时也是新战斗的起点。

　　就像荆裂的师叔所说：什么都还没有完成啊。

　　将来的成败，无人能够预知；但正因为有过以前那十几年，未来不管是大起，还是大落，我想大概还是能够以平常心面对吧？就如先前的后记已经引用过一次的话：人生的所有事情，没有一件是没用的。

然后，努力保持平稳的步调，继续去做忠于自己的事。

没有比这更好的方法。

故事里力求波澜壮阔，跌宕起伏；但故事外的笔耕人生刚好相反，保持一颗安稳平衡的心，才容易挺得过写作的持久战斗。

因此得感谢一个人。

我的太太。

在杂志里读到著名英籍印裔作家鲁西迪的访问，当人家问他有没有后悔写《魔鬼诗篇》时，他的一句回答很有意思：Books, in the end, are not defined by the people who don't like them.

——书这种东西，说到底，还是由喜欢它的人赋予它意义的。

乔靖夫
二零一一年四月八日

狂风吹 大海啸
真心的人死不了

庐陵正邪最后决战，「破门六剑」强攻「清莲寺」，能否尽诛波龙术王一众妖邪？

武当姚莲舟身世之谜揭开，其「太极」武功如此精深，奥秘在于……？

侯英志得窥叶辰渊带回武当的青城派秘籍，将对他武道人生有何冲击？

长篇武斗复仇剧《武道狂之诗》卷九

今夏，阳光映照剑光！！

武道狂之诗·卷八　破门六剑

乔靖夫　著
Copyright 2012 by ENRICH CULTURE GROUP (CHINA) LIMITED
All Rights Reserved

本书中文简体字版本由香港天窗文化集团（中国）有限公司授权中国人民大学出版社在
中国（香港、澳门和台湾地区除外）独家出版和发行。任何在该区域之外的转载、使用和
售卖，均为侵权行为，天窗文化集团（中国）有限公司和中国人民大学出版社将保留追
踪和控告以上侵权行为的权利。

Original Chinese edition licensed by ENRICH CULTURE GROUP (CHINA) LIMITED
Simplified Chinese Copyright 2012 by CRUP

图书在版编目（CIP）数据

武道狂之诗. 第8卷，破门六剑 / 乔靖夫著. —— 北京 ：
中国人民大学出版社，2013.10
ISBN 978-7-300-17619-2

Ⅰ．①武…Ⅱ．①乔…Ⅲ．①侠义小说－中国－当代 Ⅳ．①I247.5

中国版本图书馆CIP数据核字(2013)第175171号

天行者文化
SKYWALKER CULTURE

武道狂之诗·卷八　破门六剑

乔靖夫　著

Wudaokuang zhishi

出版发行	中国人民大学出版社		
社　　址	北京中关村大街31号	**邮政编码**	100080
电　　话	010-62511242（总编室）		010-62511398（质管部）
	010-82501766（邮购部）		010-62514148（门市部）
	010-62515195（发行公司）		010-62515275（盗版举报）
网　　址	http://www.crup.com.cn		
	http://www.ttrnet.com（人大教研网）		
经　　销	新华书店		
印　　刷	北京市易丰印刷有限责任公司		
规　　格	150mm×210mm 32开本	**版　次**	2013年10月第1版
印　　张	6.75	**印　次**	2013年10月第1次印刷
字　　数	100 000	**定　价**	25.00元